細語

蔡欣純 著

目次

情書

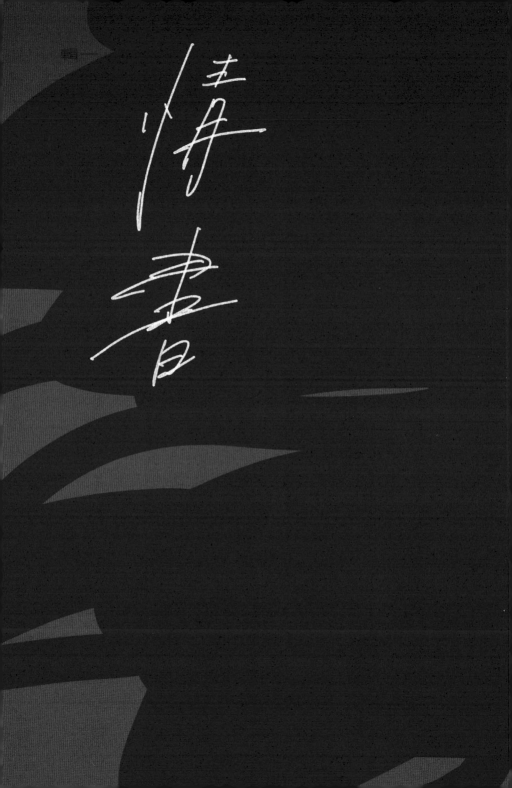

1

那個坐在廉價塑膠圓椅上的女人，頭髮已花白。

她畫紫色煙燻眼影，隨著時間摧殘，眼皮下垂外翻，仔細紋的舊式眼線褪成青色。那是乘載了多少歲月的顏色。

這般滄桑的面容隨處可見，和那些在街上遊蕩的老婦人們並無不同。

捉住妳目光的是停在她肩膀上的那兩隻鸚鵡。只要妳的目光自女人臉上移開，妳會發現她雞爪般的手指頭上，戴著兩只寬大的鋼戒——戒指上繫著綿長堅固的線，另一端繫在鸚鵡的腳環上。

這是日常裡的驚喜了，妳忍不住心底小小的驚呼。

妳幻想鸚鵡是一只又一只的彩色氣球，只要數量夠多便能領女人遨遊天際。直到妳瞥見女人一邊抽菸，一邊任鸚鵡拉屎拉屎在她的棕色皮衣外套上。

鸚鵡的屎是白色的，屎是綠色的，其中又綴有幾點紅色。妳突然想起前幾天吃過的抹茶蛋糕。茶做成的棕色海綿蛋糕體，淋上抹茶醬和鮮奶油，上頭點綴幾顆草莓。

妳差點不小心笑出來。妳擅長做無意義的聯想。

朋友老是笑說，妳就是活在迪士尼世界裡的怪奇公主。妳妄想中年失業的保母能飛，雨傘會說話，貓在迷路之時為妳指引方向……他們說妳是迷糊的愛麗絲，整個世界是妳的仙境，妳的虛幻樂園。

妳收下他們毫無惡意的指控；縱然妳並不認同他們讚妳可愛。

他們不知道的是，迪士尼式的聯想，是妳抵抗哀傷的方式。生活太苦悶了，誰不需要幻想，或妄想？妳習慣為苦澀的日子加一點糖。一如妳參加他的告別式之後，散步到街上買一杯去冰全糖的珍珠奶茶。

妳的日子需要一點甜。太突然了。妳沒有想過他竟然會死。

收到訃聞的時候，妳還以為這是誰的惡作劇。妳拆開那只白色信封，反覆閱讀攤開在妳眼前的字字句句。那些少量的資訊，竟使得妳差點喘不過氣——那張紙上寫的不過是時間，地點，他的名字，他的家屬。

※

告別式的會場上，妳終於看見她——他的妻，訃聞上寫的，未亡人。

妳不喜歡訃聞上的那些稱謂。未亡人，該死卻沒死的未亡人。憑什麼死了丈夫就是未亡人，死了妻子不是。

倘若他還在，也許妳會和他爭辯這些。他會板起臉教育妳，或露出嚴肅的表情，仔細對妳解釋：「這些稱謂其來有自，去翻史書，妳肯定能翻出它們背後的小故事。」

妳太年輕了，他從來沒和妳聊過死亡，一次也沒有。

不聊也好，倘若話題成真，妳一定會覺得無聊想睡。而他必定會堅持把典故說完，妳必得點頭敷衍，倦於和他爭辯——其實妳並不喜歡那些做作的小故事。典故出自史書，那也是遙遠的中國史書，妳的靈魂倦於與它們共鳴。

聊天時，他不時賣弄這些，令妳哈欠連連的小知識。

偶爾妳陷入恍惚。妳幻想他下了班，回家，他會對她侃侃而談這些事嗎？也許他們的生活是這樣子，他推開門，她接過他的公事包。他端坐餐桌旁，開飯了，她打開電鍋的蓋子。蒸騰的水氣爆衝，偕淡淡芋頭味的米香……

接下來的場景，妳卻無從想像，他們如何對話？即便時間跳轉，躍到告別式的今天。她整個人立體起來，自他給妳看過的照片現身。會場裡，妳幾乎是一眼便認出她了，卻無從滿足妳的猜測。

她的名字很俗，聊起她的時候，他總是叫她婷婷。妳以為是「女」字旁的那個婷，卻不然，妳猜錯了她的部首。靠近她的時候，才發現名牌上，寫的是庭院的那個「庭」。

還記得，他曾經說過，我們就是會跟完全相反的人在一起。

他說，別看我這樣子，我其實很大男人喔！「她的功能是逗我笑，在身後支持，不用比我聰明。」他一邊說，一邊秀出她的照片。照片裡，她穿著寬鬆的長版睡衣，上面印著小熊維尼。她坐在床上，蓬著亂髮，抱著他們養的小狗，對鏡頭作鬼臉。

告別式那天，她穿著一身黑色套裝，優雅地在會場裡忙進忙出。

妳仔細端詳她的輪廓，細長深邃的眼睛，微微皺起的眉毛……她分明是木質調的美，潔淨俐落，穩重大氣。妳才知道，他的詞彙量，原來這樣貧乏。他從來都只會形容她「可愛」。而「可愛」如此平凡。

瞥見妳的時候，她前來招呼，親近卻不失禮貌。她沒有興趣猜測你們的關係。她只是微笑，感謝妳，謝謝妳來送老師一程。

她的表情無懈可擊。

妳練習哀戚地笑著客套回去。

大概是表情不對，她察覺妳的尷尬，到此為止。

她優雅地為妳們簡短的對話，畫上句點，送妳走出會場。

短短不到五分鐘的交鋒，妳就知道自己輸了，並且輸得很甘願。

妳才知道，除了年輕，妳沒有一點贏過她。

奇怪，他明明是這樣說的，婚後她一直都是家庭主婦。他嫌她不諳世事，沒出過社會，沒見過世面，幼稚，跟小孩子一樣……

妳突然覺得暈眩，茫然地想起你們的辯證，攸關知識的。

那是絕望的哀愁的學者的眼眸。那天在課堂上，他說他有點倦了，未來的日子，要你們去闖。至於要闖去哪裡，他就不曉得了。他一個個把同學點名，點到妳的時候，指定要妳回答：「知識有什麼用呢？」

妳使盡渾身力氣，跨越橫亙在你們之間，那數十年的歲月。妳動用自己的經驗，無視所有理論基礎，盡可能說服他：「經驗比知識重要，可是那也不代表，知識是全然無用的。」

妳才可愛。

妳才是那個白癡傻妹。

妳給出的答案，那麼理直氣壯，沒有一絲懷疑。

「好吧，讓我們先假設知識有用，」他退一步，轉而迂迴地前進，一如他應對你們的關係。在妳稍微放鬆的時候，他突然拋出大哉問給妳：「妳覺得，比起握有知識，實際經驗是不是更接近真理？」

那時妳還年輕，讀的書不多。愣住了，妳請他舉一個例子「幫助」妳思考。妳看不慣他高高在上的姿態。為了軟化他，妳使用「幫助」這個詞彙，擺無助的姿態。

在妳「請求」他的「幫助」之後，他眼眸裡的哀愁，逐漸退散了。

取而代之的，是睿智同情，欲開化妳的表情。

他以動聽的聲調，娓娓道來：「舉例來說，比起手裡握著地圖，不如把地圖放下，直接走往妳想抵達的地方。像這樣直接經驗，比起二手的知識，是不是更接近真實？」

妳差點開口反駁，如果沒有地圖，你要如何找路，如何實際走往你想抵達的地方?他舉的例子爛透了，一點也不真實。反正他是在演戲，演一齣大學教授不相信知識的戲，妳沒必要買帳。

妳懶得被教育。妳不想讓討論延伸下去。

妳裝乖討好，露出我不懂耶，這般徬徨的表情。

多年後妳又回到學校，炎炎夏日裡，亂入哲學系研討會場。

其實妳只是想吹冷氣，順路簽到，領個便當。妳看著與會的研究生捧著飯盒入場，台上的教授們忘了吃飯，孜孜不倦地爭論著。他們在一片又一片的白板上，寫滿了妳看不懂的邏輯式子。

其中一個年輕學者，彷彿看進妳茫然的眼睛，粗暴又體貼地，為妳翻譯：「舉一個生活的例子，究竟是知道嘉義市怎麼去，還是實際去一趟嘉義市，更為真呢？」

妳突然覺得好笑，與會者全是外地的，誰真正去過嘉義市。

※

參加完他的告別式，未曾真正告別什麼，妳決定回嘉義生活。

妳存了一筆錢，辭了職，回母校附近租了簡單的小套房。

那筆存款足夠妳吃上一年。妳打算放空自己，抓住青春的尾巴，贖回應有的大學生活。妳要窩居在自己的小套房裡，讀書聽音樂，或許還寫作。妳要打零工，混入社團遊樂，夜唱夜衝夜遊。妳要結交八卦的友伴，幸運的話，談一場健康的戀愛。

多虧妳生有一張清純的臉，租屋時沒有遇到多大阻礙。

妳租的是鳳梨田間的學生套房。房東攤開一紙合約，慎重地寫上雙方的名字，她這才瞥見妳寫的生日。妳連忙補充說明，妳不是這裡的學生，只是近期想回來考研究所。

房東是慈祥的老婆婆，熱情地祝福妳備考順利，還補上這麼一句：「如果我孫女有妳這麼乖就好了。」原來婆婆的孫女今年剛上大學，跑去外地讀書。一路走來，是她拉拔孫女長大，她非常寂寞。

妳想起某天夜裡睡不著覺，穿進住處附近的小巷亂走。

走到底，有宏偉的教堂，三角窗的老雜貨店。夜深了，雜貨店早已拉下鐵門。妳瞥見白髮的阿婆，孤零零地站在馬路旁，靠著早已掉漆的公共電話，手持話筒，親暱地談話。

她一個又一個十元地投，爬滿細紋的手，放在薄外套的口袋裡摩挲。

妳吃完宵夜，繞了一大圈巷子回來，少說有半小時過去，她仍一個又一個十元地投，不知在和誰傾訴？當時妳暗自思忖，婆婆許是在談一場老人的地下戀情——關了店，丈夫睡去之後，爬起來和遠方的誰，偷偷地說話。

然而，此刻妳望著眼前，站立於鳳梨田間，和妳叨唸寶貝孫女的婆婆。那天夜裡的景象，頓時生出新的詮釋——人和人之間的情感，不只有愛情，態樣多如繁星。

直到遠離他為妳建置的房間以後，妳才知道，那段時日有多麼病態。遑論妳看見什麼，妳都以為那是偷情了。

妳騎機車時，停紅燈的空檔，看見頭髮花白的老夫妻相擁。他們穿著同款式的墨綠色外套，黑色西裝褲，同款式的雨靴。妳竟然酸酸地想著，他們是老情人吧？早已各自嫁娶，周末在公園偷偷相會，抽菸聊生活瑣事，喝啤酒的那種。

回想和他交往的那段日子，妳的想像其來有自。那些他返家的時日，妳無從聯繫他。租屋處靜悄悄的，寂寞得透不過氣。於是妳開了門，步出房間，去附近的公園散步。

從前從前，妳聽說二二八紀念公園適合幽會，妳還不大相信。那時妳尚關心同儕的戀愛，誰誰誰和學長交往了，高射炮和學姊告白了……大學生多半純情且喜歡碎嘴。分享八卦的時候，他們不忘分一杯羹予妳，青春限定。

誰知道，和他在一起之後，妳才真正去過二二八紀念公園。

周五的晚上，學校沒有課了，他要回到北部的家去。他叮囑妳照顧好自己，便搭乘高鐵離去。為了甩去他們恩愛的畫面，妳走進公園裡晃了一圈，惡趣味地，對著乾涸的許願池許願。

走過許願池，妳看見半埋藏於花草之下的紀念館。妳注意到的是，一旁設置的垃圾桶，發出惡臭。還記得，那是學弟向學姐告白的地方。妳想起學姐曾悶悶地說，他什麼地方不選，竟然拉著她，在垃圾桶邊告白。

奇怪，她竟然接受了。

他們顯然不太浪漫，或者說，她的愛情，未免也太浪漫。妳也曾為學姐許願，儘管到頭來，依舊發展成陳腔濫調的故事。後來，學弟戀上年輕兩歲的大一學妹，要她連夜搬出同居的宿舍。她抱著紙箱，哭哭啼啼來敲妳的門……

妳繼續走，試圖甩落不堪的記憶。

妳看見公園裡，眼前的巨大銅門，密密麻麻地刻著好幾個跳舞的人。妳疑心誰注意過門上的雕刻呢?傍晚時分，放學的小孩子玩起捉迷藏。妳想起了妳的孩提時分，大夥兒玩起鬼抓人。跑不快，妳總是當鬼的那個，逃脫不了無垠的輪迴。

注定不能融入。

妳幾乎要以為自己永恆地是鬼了。

妳仔細繞過玩耍的孩子們，妳已經長大，毋須回望過去。

穿過公園裡大面的石牆，妳走出公園，返回租屋處。那面像極了迷宮的石牆，有一個奇怪的名字，諸羅哭牆。還來不及思索嘉義和耶路撒冷，距離遙遠，究竟能扯上什麼關係？妳被那些幽會的情侶嚇著了。

隱身於石牆之後，白髮的爺爺摟著大胸部妹妹，玩她的頭髮嬉戲。

還有他們，那是一對頭髮已花白的愛侶，隱身於石牆的另一側。他們的大腿貼著大腿，小腿黏著小腿。地上放著一罐又一罐的台啤，親暱地閒聊彼此的婚姻。

妳步出公園，想像他們乖乖地，於晚餐時間一一返家。

他們的餐桌上有熱騰的飯菜，四菜一湯，均衡的營養。也許就是太均衡了，才出了錯。妳想起偶然在書店翻閱的主婦守則，作者幽默地寫道，妳各位，太太們請務必記得，餐桌上偶爾要煮一些垃圾食物。炸雞，雞塊，炸薯條……都好。

「餵飽男人的心，小孩的胃，他們才不會偷偷往外面跑。」完美的主婦，彷彿站在妳眼前，慧黠地對妳眨了眨眼睛。

殊不知妳就是垃圾食物，外面的。

※

妳窩居的小套房不能煮食。

房東婆婆說，這裡禁用明火，禁用電鍋和烤箱……她在房間裡和妳聊天，細數她的規則。她常來房間裡找妳閒聊，待她道出規則後的故事，已經是幾個月後的事情了。

原來她年輕時，曾和丈夫一起經營工廠，事業經營得有聲有色。不料暗夜裡的一場大火吞噬了廠房，百坪大的鐵皮屋哭泣，變形。聽聞後妳夜裡失眠，開窗眺望鳳梨田間——偶爾空氣裡飄來異味，妳總是迅速地把窗戶關上。天知道是哪間工廠著火了，妳直覺地想。

直到某天夜裡，妳趿夾腳拖，去鳳梨田間散步。看見遠方有火光，天邊瀰漫黑煙。妳觀察數日，發覺每天都如此，才知道是工廠在暗夜裡偷排廢氣。

小套房不能煮食也好，廢氣已經夠多了。

妳想起大學時代，和他同居的那些年，他租的是嘉義市住宅區裡的公寓。你們共用一把鑰匙，他問妳有沒有聽過漢武帝，金屋藏嬌的故事。他超譯了文本，如此對妳解說：「我要造一棟屋子，把我最愛的阿嬌藏起來。」

確實是藏起來。

他為妳建置的屋子，位於市區，卻又隱於市。

那陣子妳下課之後，不赴同學的約，沒空和他們玩樂。妳趕著搭公車，回到他的房子，去市場買菜煮飯，等他下班。妳每天都去市場，買當天要煮的蔬菜。賣菜的阿姨們認得妳，不忘多加一把蔥給妳。偶爾閒聊幾句，阿妹仔，妳遐濟少年就結婚啊哦？

妳微笑，不敢說話。

那是一張又一張正室的臉。

妳從菜攤阿姨的手上接過絲瓜，她的面容，讓妳想起了二姨婆。

姨婆同樣是菜販，丈公是田僑仔，有農地無數。婚後，丈公忙著收租，每天出門找人泡茶。姨婆擔起所有家事，農忙，只在年節期間休息。

擁有智慧型手機以後，丈公勤於拍照打卡，臉書上全是他年節帶姨婆出國玩的照片。不知情的，還以為姨婆是整日遊玩的少奶奶，皮膚都曬得黝黑了。

看著菜攤阿姨，妳突然好奇，想問她有沒有去過埃及？妳想起二姨婆騎在駱駝上，對丈夫比「耶」，背後是金字塔的合照。

離開菜市場，妳提著大把的菜，步入你們的公寓。

妳刻意避開買菜的尖峰時段，不願和煮婦們一起擠電梯。

那是一張又一張正室的臉，妳是冒牌貨，躋身在她們之中。

妳曾偷看她們準備的菜色，卻看不出個所以然來——總是高麗菜空心菜地瓜葉，豬肉和雞蛋，偶有偷偷混進來的青椒，紅蘿蔔。都說幸福的家庭都是相似的，不幸的家庭各有各的不幸。妳卻無從自她們的菜籃裡，推敲出幸或不幸的線索。

第一次為他煮食，妳琢磨許久，不知道婷婷都為他煮些什麼？

妳決定照母親教妳的做，番茄炒蛋，破布子蒸鱈魚，豆腐乳炒高麗菜。妳不小心把菜炒得太生了，他沒挑剔，竟然還稱讚妳煮得好吃：「有我媽的味道。」

他說，真希望她向妳學習啊，婷婷不喜歡煮一般的家常菜。「不知道她和家常料理有什麼仇？」他們的餐桌，總是羅宋湯配義大利麵，親子丼配味噌湯。妳倦於和他辯論，義大利麵或親子丼，這也是家常菜吧？只是家常在他方。

妳任他滔滔不絕地抱怨，然後，牢牢記起他的喜好。

他說，真正的家常菜，是這樣子——他媽媽總是在下班後，趕去菜市場，趕回家挑地瓜葉或空心菜，大火快炒蒜頭和辣椒。他喜歡餐桌擺得滿滿的，最好有四菜一湯，讓他配完整個電鍋的白飯。

「婷婷呢，明明有大把的時間，卻這麼懶。」他說，她柿子挑軟的吃啦！總是炒青椒或甜豆。偶爾處理葉菜類，她也總是煮小白菜或青江菜，砧板上切一切就好，連挑都不用。偏偏，這些葉菜厚重的草味，他厭惡極了。

有一次他們去逛超市，他不小心說溜了嘴：「蛤，又要吃草了！」她竟然推車走人，生氣了。不論他如何討好，她整個晚上，沒和他說話。

聽到這裡，妳悶悶地想著，真好，那是正室的權力了——她整個晚上，沒和他說話。妳想起熱戀的時候，你們曾有過一次爭執。他每周末固定回北部，殷勤地勸妳回家看爸媽，不要自己留在嘉義。

但是，哪有大學生每周回家？何況妳根本不願意回到那個家去。

後來你們達成協議，妳要的不多，只要睡前的一通電話。

他大方地應允妳，卻沒有一天做到。

不僅沒有電話，他甚至還封鎖了你們所有的聯繫管道。直到星期天的晚上，妳才瞥見他寄來的Gmail。信件標題，冠冕堂皇地寫著「課堂注意事項」，內文只短短一句：「我準備搭高鐵了，想妳。」

他回來的時候，妳正在收拾簡便的行李。他不知道，妳沒有另一個家可以回去。你再不打電話給我啊！妳決定演一齣離家出走的戲。妳收拾簡便的行李，上網訂了最便宜的青年旅館。對他謊稱，妳要去台中，借住這幾天剛認識的新男友那裡。

「好吧，」他說：「很晚了，我開車載妳去。」

載妳去車站的路上，他好聲好氣，放低姿態求妳，要妳聽他解釋。妳不管，妳甩開他的手，衝去櫃檯買票，衝進月台，跳上車去。

他竟然開車一路追妳，一邊撥電話給妳，曉以大義：「回來吧！妳明明知道，那幾天我沒有聯繫妳，是為了走更長遠的路。」

看他追了一站又一站的車，憤怒之餘，妳悲哀地察覺——你們之間，永恆地，只能上演狗血的偶像劇。偶爾你們為生活拌嘴，他總是忍讓，溫柔地哄妳，不讓妳有更多發揮的餘地。

下一站很快到了，妳輕巧地下了車，他在後站等妳。

他知道，妳厭惡前站的車流，後站恬靜多了。

妳漫漫地走下民雄後站長長的階梯，在蜿蜒的巷子裡，尋找他的車。

上了車，妳的目光追溯窗外昏黃街燈的光影。零落的光暈，最終匯集成了畸零地上的那一方夜市。他並沒停車，刻意忽視妳渴望的眼神——逛夜市，太危險了，容易遇見熟人——你們之間，再一次空缺了凡人的日常。

那天晚上，他特別用力地做妳，整個人面目猙獰了起來。

妳是我的，我的，我的，我的！

他摀牢妳的雙手雙腳，隨手捉起桌邊沾滿灰塵的抹布，狠狠塞進妳的嘴巴。你們激烈地爭吵，熱烈地做愛，然後和好。這不是第一次了，只是，妳從沒看過他這樣發狂的眼睛。

妳閉上雙眼，安撫自己，甩開那些愚蠢的提問——例如你和婷婷，爭吵之後，也這樣做嗎？妳的眼睛溼答答的，眼前的景象，很快便糊成了一片。灑在玻璃窗上點滴的水珠，被風吹成巨大的水滴，最終乖巧地順應了地心引力。

※

據說生意不好，妳不曾去過的後站夜市，後來很快就倒了。

妳想起那些逡巡於夜市裡，年輕男女的身影。他們穿著吊嘎和夾腳拖，勾肩搭背的，手上拿著玉米和臭豆腐。他和婷婷，經過這樣的年紀，肯定一起逛過夜市。拮据卻渴望熱鬧，不知道往哪裡去，才掏了大把的銅板逛夜市。

夜市充滿活力，擁有最活潑的生命力——駁雜的氣味，此起彼落的吆喝聲，是狂歡版本的菜市場了。不如說是青年的遊樂園吧？有得吃，有得玩，什麼都不奇怪。大眾一點的小吃，有地瓜球，炸杏鮑菇，雞排，或排骨酥。CP值高，旨在填飽年輕人胃的，有夜市牛排。加麵不用錢，飽足濃稠的玉米濃湯，任妳隨便舀，全都免費。

吃膩了鹹的，甜的也有。

妳曾以三十元的超低價，在夜市的攤子，購入包裝精美的檸檬塔。老闆拿出印有粉紅色小花的紙盒，紫色緞帶，問妳要不要再多帶兩顆。不限品項，美女來，算妳三個一百。他衝著妳溫柔地笑，妳便多帶了一份乳酪蛋糕，一顆巧克力泡芙。他喜孜孜地將甜點一一放入紙盒，不忘附上保冰袋給妳。

吃飽喝足後，妳拎著甜點步入遊戲區，看人家玩射擊遊戲。

滿靶任妳挑一隻大娃娃。多的是情侶玩這款遊戲。妳看著陌生的女孩們一一說出她們的願望。她多麼想要那隻巨型的卡比獸，拉拉熊玩偶……。男孩們逮到表現機會，輕摟女孩的肩，英勇地說：「等我，我打下來給妳。」

他想必也曾在這種遊戲攤位，投入一局又一局的百元鈔票，為得婷婷歡心吧？妳也曾看過妹妹頭的女殺手，穿著短褲拖鞋，獨身前來。不消四局，便殺完滿靶，帥氣地抱走大熊。妳迷戀她們的身影，然而，她們畢竟是少數。

射擊遊戲到底是那些典型的，異性戀的遊戲，而他嫻熟於此。

妳突然想起，他曾在課堂上略提過詩經，他選的是那首〈野有死麕〉。

野有死麕，白茅包之；有女懷春，吉士誘之……

課堂上，他朝妳的方向眨了眨眼睛。

他說這是一首純情的詩，詩經就是坦率得可愛。

當時你們還沒熟悉起來，他偶爾寫信給妳，打電話給妳，邀妳去吃飯，妳都拒絕了。當時妳的大學生涯才剛開始，眼前有大好的青春等妳。白髮正旺盛地冒出的他，對妳沒有那麼致命的吸引力。

他識趣地不再踰越你們的關係，不撤退也不放棄，只優雅地守著妳。

還記得，剛上大學的那段時光，妳瘋狂地參與所有系上的活動。只因妳的直屬學長信誓旦旦地說，不參加活動，交不到朋友，沒人罩妳，妳最好小心被排擠。還有一旁的直屬學姐附和地說，多參加活動認識人，拓展視野總是好的，不要只活在自己的小世界裡。

妳點頭說好，妳知道了，妳參加活動就是。

沒有說出口的是，妳來自保守的家庭，妳一直都活在自己的小世界裡。大學以前，妳不曾和誰交好，甚至連最普通的逛街聚餐也沒有。每當妳的同學們聚在一起，大肆抱怨他們家的門禁，妳總是覺得不可思議——晚上十一點之前回家，這算哪門子門禁？

妳家是這樣的，晚上六點以前，倘若妳還沒回家，妳飯不用吃了，難看的笑不用擠了。偶爾運氣好的時候，父親懶得訓妳，把妳視為空氣。他們快樂地談話，為彼此分食，獨獨略過妳。

晚間新聞播完了，他扒完最後一口飯，把沾滿飯粒的碗扔進水槽。妳站起身，走進廚房，認領妳的日常。他朝客廳走來，和妳錯身而過，卻硬要面向牆壁，朝向虛空罵妳：「你們碗丟著吧！雖然今天家裡沒人洗碗了。」

準備大學學測的時候，妳比誰都還要努力。

妳虔誠地想著，只要上了大學，離家就自由了。唯有離開他們，到外地求學，妳才能開始真正經驗人生。妳要奪回自己的生活，發展完整的自我，不被任何人綁架。

然而，初識他們的時候，妳的經驗匱乏。

面對那群活躍的同學，妳毫無生活品味可言。

想來還真是一場悲劇。妳穿著僅有的睡衣洋裝，領口泛黃，鬆成荷葉邊的那種，去參加宿營。沒辦法，根本來不及買衣服。妳才剛辦智慧型手機，來不及搜尋網購的資訊。這是衣櫃裡最好看的衣服了。其餘的，不是太寬太窄，就是顏色不對。

所幸人總會成長，現在回望那個醜惡的自己，妳終於能笑出聲了。

年輕人喜歡裝鬼自己嚇自己。早在和他交往之前，那段青澀的時光，妳曾有過一段祕密的，沒有結果的初戀。妳蜜蜜地想起夜教牽妳手的女孩。是她教會妳，原來喜歡一個人，常伴隨著焦躁或疼痛，不全是正面的感受。

宿營的活動，妳最討厭的是夜教。

一大群人，沒事聚在一起，講鬼故事，發護身符。這是最粗製濫造的吊橋效應，隊輔刻意安排男女手牽手，走過樹影晃蕩的校園。又是典型異性戀的遊戲。尖叫的分明都是共謀，無聊透頂。

妳刻意走在最後面，死也不肯和男孩牽手。妳讀的系所男孩少，早分配完了，後排只剩下女孩。那是妳第一次和人牽手。她永遠不會知道，這對妳來說，意義有多麼重大。

妳們的十指緊扣。

妳渾身發熱，顫抖著，看進她的眼睛。

沒有，妳的心跳並沒有因此加速狂跳，不是那麼言情的故事。

妳只是感覺，突然有一股暖流，竄進了妳的心窩。那些集體尖叫，竄逃的瞬間，她猛掐妳的手，妳並不覺得疼痛。觸碰的瞬間，妳只覺得她掌心的肉細細的，嫩嫩的。妳微笑地想起，初生貓咪的粉紅色肉掌，也是這般觸感。

她倒是把自己打扮成陽剛的模樣。髮型剃成男生頭，束胸，白色T-shirt，刷白破牛仔褲。要不是和她一組，妳還以為她很勇敢。發護身符的時候，她衝著妳笑：「怕什麼?夜教有什麼好怕?」

她假裝淡定，逼自己不出聲，克制不住時，便大力捏妳的手。隨著夜間的冒險越來越深入，握著她汗溼的掌心，妳不禁想起了第一次探索自己的觸感：溫溫熱熱的，溼溼的，細細嫩嫩的……

突然她甩開妳的手，妳才發現繞回原點，夜教結束了。

妳們後來有過一段親暱的情誼。宿營之後，她立刻約妳去吃早餐。陽光照耀之下，妳才發現，她的眼睛是淡褐色的。淺色的眼珠，妳卻跌得深不見底，迷失在她的瞳仁裡。

一次兩次三次，她照三餐訊息，向妳問安。

妳倒寧願她爽朗地甩開妳的手，別給妳軟釘子碰：「我們是戀人未滿。」

一次兩次三次，她每天打睡前電話給妳，卻沒有一次主動約妳。

妳不喜歡她閃爍的曖昧，親暱的拒絕，節制的距離。

「我喜歡妳。」耶誕舞會那天，妳鼓起勇氣，和她告白。

「我也喜歡妳，」拒絕妳的時候，她落下幾滴眼淚：「不在一起，就不會失去，我認真的。」

說好了，妳們要作一輩子的好朋友。妳們繼續傳訊息，報備彼此的行程，睡前互道晚安。不知道是不是妳的告白，讓她的心情受影響？她開始翹課了，妳便為她抄課堂筆記，幫她印考古題。

沒想到聖誕節後，她鄭重地，為妳介紹她的新女友。

她是系上的學姐，漂亮的杏仁眼，琥珀色美瞳，藏在細框圓眼鏡裡。黑色大波浪捲髮，明朗潔淨的妝，大地色連身裙。她身上裝飾的，低調爽朗的品味，在在都是大學新生妳趕不上的。

也許妳從未輸給誰，不過輸給了時間。

※

打開Gmail，這個學期已經沒有了他的課，妳照樣寫信給他傾訴。

他那麼溫文地守著妳，彷彿成天守著Gmail，即時回應妳。

他是妳的老師，也是妳沒有血緣關係的父親。那些低落的時刻，妳逐漸學會了依賴。是他接住了妳的青澀，妳的愚蠢，與不堪。

彷彿時時刻刻靜候妳的失戀。

妳寄信時是凌晨兩點，不到半小時他很快回信了，內容卻令妳啞然失笑：

致我親愛的郁欣：

顯然，這種時刻說什麼都沒用。

但我仍非常樂於和妳分享，二十一個為什麼小黃瓜比男人好的理由——

1. 根據統計，小黃瓜的平均長度是十三點五公分。
2. 小黃瓜放很多天都不會軟。
3. 小黃瓜不會在乎自己的尺寸。
4. 小黃瓜不會在乎妳賺的錢比它多。
5. 小黃瓜總是保持六點，而不是六點半。
6. 在菜市場挑選小黃瓜時，妳可以很容易就看出它是軟是硬。
7. 小黃瓜不會又急又緊張。

8.

……

妳看，光是小黃瓜我就列舉了那麼多項……

所以說，男人其實真的不是那麼必要吧？

讀了他的信，妳笑倒在租屋處的床上，擦乾眼淚，不哭了。

妳無比純真的愛情，妳人生中第一次最純粹的，淒美的暗戀——在他眼裡，不過一根長度十三點五公分的小黃瓜，他甚至忽略了性別。

然而，他的世故，卻被妳解釋成暖心的幽默。

自那之後，妳開始接他的電話，認真和他寫起了長長的信。

妳同樣忽略了性別。事實上，妳根本不在意性別這回事。妳什麼人都能愛，女女的愛戀走不通，妳便和男人走在一起。平庸的異性戀情愛，對妳來說，容易多了。

寫信之外，每天晚上他都打電話來，聊細瑣的日常。更多時候，妳不掛電話也不出聲，埋頭做自己的事。妳樂於看他在另一頭空等，輕聲呼喚妳，問妳睡著了沒有？

幾個月後，通過考驗，妳才終於赴了他的約。

還記得那天是悶熱的午後，飽脹的溼氣，再一點水就要雨。

他放著自己的車子不開，租機車來接妳。他是要模擬窮困大學生的約會吧？你們漫漫地晃去嘉義市區。他租的機車太難坐了，妳抵死不願意向前傾身。妳不吃這種幼稚的戲碼，不願意被他小看。

此後他安分地開了車來，你們跨縣市去台中，去台南逛百貨公司。

他掏出錢來請客，領著妳逛街，指示妳穿哪種款式的衣服好看。妳是幼稚的小女孩。妳引領他亮出成熟大人的姿態。妳要他按著妳的劇本走——你們是簡愛和羅徹斯特，茱蒂和長腿叔叔。

妳不願意和他以小孩的姿態相見。

和他在一起，妳第一次擁有貼合自己身形的洋裝。妳發誓雪恥，丟掉舊有醜小鴨般的自己。你們逛遍百貨公司專櫃，他一一為妳購入了化妝品，髮帶，耳環……還有妳人生中第一雙高跟鞋。

聽到是第一雙高跟鞋，專櫃的姐姐比妳還要慎重。她奔去拿木板，測量妳的腳，二十三號半。望著整櫃的鞋，妳不知道該從何下手。她建議妳穿粗跟的鞋吧？剛開始練習穿高跟鞋，粗跟的好入門，比較容易適應。

偏偏妳喜歡的鞋是細跟的。腳踝到腳跟，有細帶交叉纏繞，簡直是高跟的芭蕾舞鞋！妳把整櫃的款式，全試穿了一輪。最終妳放棄紅底黑色高跟舞鞋，帶走那雙看起來稍嫌平凡，杏色的尖頭繞踝粗跟包鞋。妳穩健地趿著新鞋，隨他步入百貨公司附近的甜點店。

那是百貨公司旁的一塊畸零地，有大樹圍繞，不仔細看還不知道裡頭亮著一間店。妳小心翼翼踏過店門前的花園，那方悉心維護的細軟草皮。店門口擺滿了仔細摘種的，妳根本不知名的小花，紫色粉紅色鵝黃色的，散出了淡淡清香。

矗立在眼前的甜點店，是一間日式老宅。木製的建築，傾斜的屋頂，木地板，大片明亮的玻璃窗。巧妙地隱身在都市裡，知曉密碼的才能進入。他熟稔地搖了搖門前裝飾的鈴，服務生便笑著為你們開了門。

望著甜點櫃裡那些精巧的藝術品，彩繪成梵谷向日葵的鏡面蛋糕，彩虹色千層……最終妳選了顆要價六百多元，外型樸素的檸檬塔。恰到好處的酸甜，貨真價實的檸檬香，和昂貴的手沖單品是絕配。

彷彿是前世了，妳想起夜市買過的，三顆一百元的檸檬塔。粉紅色小花紙盒，紫色緞帶，漂亮的蝴蝶結。神仙教母施的法術，容易被識破，總是在午夜後失效。返家後，妳迫不及待地拆開紙盒，吃進嘴裡卻是詭異的奶粉味，咬舌的檸檬酸。

熱戀期的那幾個月，還沒開始同居，他還願意帶著妳往外面跑。

他讚妳吃相可愛，孩子樣，看什麼都驚奇。他以女神的姿態描述妳，彷彿妳應許了他全新的世界。妳觀看事物的角度，重燃他的熱情，重塑他對事物的感知……他枯燥乏味的人生，因為妳的甜笑，竟變得有趣了起來。

妳便甜甜地，天使般地笑著，跟著他四處吃食。

你們之間的年齡差，原來這麼性感。

他不知道妳裝出那些可愛的笑容，背地裡，其實是這樣吶喊的。

偷偷地，背地裡，那其實是一張哀豔的鬼臉——我終於不再是贗品了。

2

在嘉義生活的這一年，我認識了幾個人，明維是其中之一。

此刻我們坐在田徑場旁的司令台，望著滿天星斗，訴說彼此的故事。

我們漫漫地談，不介意把時間軸打亂。比起筆直地說完無聊劇情，不如似聊天發散，專注描繪細節，待飽脹的情緒發酵。

我說故事的方式，搞得明維有點糊塗了。

他喜歡清晰明瞭的故事軸線，不愛聽那些繁瑣的細節。我的前情提要都還沒說完，他便要求我講清楚，說明白：「那個『妳』是誰？那個『他』又是誰？妳訴說的是現在式，還是過去式？妳是跟我們隔壁系所的教授，談了一場轟轟烈烈的戀愛吧？」

我敷衍明維，懶得解釋更多。

好不容易找到舒適的訴說節奏，我倦於和明維說明——故事裡的「妳」，確實是我。人物和地點，很可能全是虛構。他可以是中文系教授，也可以是國小數學老師。隨便，怎樣都好，你儘管恣意填充這個故事。

我沒辦法和你保證真實是什麼。我只為故事負責，真相便不是那麼重要了。比起真實，我更在意故事的情感，所以你不能罵我虛無。你要知道，我訴說的情感，絕對是百分之兩百，全然真摯的。

必須說，這樣活，是有點痛苦。

你必得開啟所有的感官，把感受刻進心裡。走過去，待他們成為歷史，才寫出來。就像是我離開嘉義以後，明維將是我書寫的第一個故事。屆時明維已經成為歷史。

「好吧，雖然妳說的這些話，我聽不太懂。」

妳的故事，說到哪裡了?明維發問，妳走進百貨公司旁的甜點店，咬下六百塊的檸檬塔，然後呢?然後妳以為，自己不再是贗品了。明維複述我的字句，顯然，他並不喜歡我的詮釋。

我不是沒有想過詮釋的尺度。可是當我站在時間的這一邊，面對過去的種種，我們也只能詮釋。握有詮釋的權力，讓我感到安心。無能改變過去，至少握有詮釋的能力，還能保護自己。

※

走過這一年，我沉溺自己，走出那段不能見光的回憶。

明維則恰恰和我相反。他才剛被扯進不確定的關係裡，還不到半年，甜蜜期都還沒走完，前方還有漫長的荊棘路。也許是看不見終點會怕吧？他不時纏著我，央求我和他分享感情故事。他渴望從中獲得啟示，甚至找到出路。

剛搬回嘉義時，我在學校附近的咖啡廳打工，旁觀青春的日常，支應我的生活。店裡老舊的磨豆機，疲憊的運轉聲，幾乎能蓋掉背景音樂。大學生又是一坨一坨的，總是歡欣地打鬧，不容易聽見他們談話。

明維隱身在吵雜的社團聚會裡。他是最安靜，卻也是最顯眼的那一個。我戰戰兢兢地端了茶點過去，他接過托盤，靦腆地點點頭，對我微笑。

你看過安靜的魔術嗎？我說的是安靜的，真正的魔術。

那時我一邊練習咖啡粉的填壓，一邊偷聽他們談話。原來他們是魔術社，正在籌備一場大型表演，年末的社團成果發表。談起正事，原先打鬧的人，都收斂了。他們拿出紙筆，認真討論彼此的演出程序。各個表情嚴肅，絕不搞笑。

他們的鄭重吸引了我。那天晚上，我和咖啡廳請假，去社團迎新。他們遞來社員資料表，我便從紙上表格，開始虛構我的身分：「王郁欣，中文系五年級。」

好在沒有人過問延畢的事。倘若真問起，其實也很容易回答：「就一門必修課被當了。」沒有人會白目舉手發問，是哪一門必修課，妳說的是愛情還是人生？

後來我才知道，魔術其實是演出來的。短短五分鐘的演出，背後實則有繁複的技巧，需要大量時間練習。在貼滿全身鏡的教室裡，我看他們一遍又一遍地排練：從西裝裡偷花，胸前偷撲克牌，甚至從袖口拉出一大把仕女扇……

練習告一段落，所有人拿起紙筆，坐在不同角度看你，逼你的破綻現形。

面對一雙又一雙銳利的眼睛，最難的是克服心魔，保持鎮定。容易緊張的我，根本不敢嘗試，只默默窩在教室的邊緣旁觀。最後一位，終於輪到明維上場，這是我看過最動人的魔術。

他選的音樂是鋼琴曲，似潺潺流水，整個教室都靜下來了。明維擅長的是「球」——一顆又一顆白色小球，在他的手裡跳躍，在他的胸前閃現。我難以和你說明，明維的表演，主軸究竟是什麼。他的魔術沒有劇情，沒有語言，沒有娛樂性質。

他是最謙遜的表演者，樸素地隨鋼琴聲，展示他的宇宙。我屏息地欣賞著，白色小球跳躍在他的指間，靈動地消失閃現。表演到尾聲了，它們蹦到他的胸前，變成一朵白色的花。來不及驚呼，轉瞬間又化為細碎的雪花，隨風飄起，散落一地……

音樂戛然而止，社員們為明維歡呼。他是練習時，唯一沒有出錯的表演者。整間教室臭著臉的，只有去年表演時，開場便掉了球的老學長，低聲咕噥著，刁難明維拿花的手勢。

沒有人理會老學長，我在一旁為明維鼓掌，偷偷拭去眼角的淚水。

那時我以為，明維早已看清了世間所有俗事，才能獻出如此高超的演出。一切有為法，如夢幻泡影，如露亦如電。明維演繹的魔術，簡直像極了愛情，或人生。

※

排練結束之後，社團一起去吃宵夜。

走出教室，我的心思仍陷在他的演出裡，捨不得抽離。突然間，老學長拍了我的肩膀，要我介紹自己。我被他嚇了一跳，明維似乎察覺了我的情緒。他溫柔地走來，在我發愣的時候，幫忙打圓場和接話。

是在這樣的時刻，我決定和明維成為朋友。我重修一遍的大學生活，迫切地，需要有個聰明人來解救我的困窘。

魔術社的氛圍非常歡樂，不似過往待過的團體，往往很快便分崩離析。看著這群青春洋溢的人們，實在有點難以置信。難以想像，這群小我一輪，兩千年後出生的小朋友們，竟然上大學了。

我試著分析魔術社的組成——他們大多是理工宅男，每天虔誠地，鍛鍊魔術技巧。不是為了要帥，也不是為了占女孩子便宜。他們一心只想著表演，不斷切磋琢磨，追求完美的演出。

不知道為什麼，對魔術感興趣的男孩，遠比女孩要多。我望向前排的觀眾席，只有幾個零星的女孩。她們緊張地坐在一起，不時交換耳語。

也許比起異性，當你隻身處在陌生的環境裡，同性更容易相吸。明維領著一個女孩走向她們。她是社團裡少有的女性幹部。

我隱約聽見他低聲說：「就交給妳囉！把她們拉進社團。」她們輕易地打成一片，閒聊校園生活，夜教宿營，保養品的牌子……看她們相談甚歡，我不敢貿然前往。她們歡笑的模樣，太耀眼了，我還是在這裡默默待著就好。

活動結束，宣布解散，女孩們結伴走了。

我伸懶腰，起身，準備散步回小套房。女孩拉住我，自我介紹，交換聯絡方式。我才知道，整個魔術社的幹部，只有兩個女孩。她的名字是可芳，另一個比較害羞的女孩是嫚嫚，全程躲在音控室，正在整理魔術道具。

可芳要幫忙嫚嫚善後，她吩咐明維護送我回家：「很晚了，你們結伴走，比較安全。」當時我還不知道，可芳和明維正玩著曖昧的遊戲。圍在一起吃宵夜的時候，可芳一直拋話過來，我還以為她只是想把我拉進她們的小圈圈。

可芳是我始終無法接近的那種女孩，多話而耀眼，位居人群中心。

倘若我是明維，或許也會暗戀可芳吧？她留著短短的妹妹頭，綁雙馬尾，雙眼皮瞇起來有漂亮的弧線。她很隨和，毫無侵略性。甚至有一點天然呆，和人對上眼就笑。我羨慕她能如此自在地笑。她時常笑著搞砸所有事情，然後笑著說對不起。

可芳擁有許多綽號，綽號是親暱的證明，怎麼叫她都可以。哪怕社團裡的人都叫她「傻妞」，她也甘之如飴，完全不會生氣。傻妞其實並不傻，後來我才知道，傻妞的笑臉是無敵的。

那陣子我剛去咖啡廳打工，菜單都還沒記熟，介紹時偶爾出錯。比起糾錯，老闆更在乎的，是我的表情：「背錯的時候，妳能不能不要這麼僵硬？伸手不打笑臉人嘛！妳只要傻笑賣萌就好啦，又沒人會怪妳。」

傻笑賣萌，說起來很簡單，可是我完全不會。我連一個綽號也沒有。我打從心底不曉得，要如何笑著說對不起，我做錯了，下次改進。是不是只要學會了，就可以一派輕鬆地說「對不起，我不愛了，我其實沒那麼愛你」？

可芳有穩定交往的男朋友。對方是大她兩歲的學長，社團裡的支柱。他積極參與各式社團活動，不只魔術社，各大社團都有他的影子。他是校園的風雲人物。

送我回家的那天晚上，我和明維漫步在鳳梨田間。望著滿天璀璨的星斗，我們情不自禁地駐足。沉默一陣，突然，明維很突兀地問我：「如果今天有個人跟妳說，你們的關係是兩個黑洞相遇了，那是什麼意思？」

我笑著回覆明維，你應該去問讀天文的吧！說不定他們會告訴你，兩個黑洞相遇，只會無止盡地旋轉、跳舞，此外什麼事也不會發生。我玩笑的語氣卻說得正經，明維先是一愣，笑開了：「對耶，我乾脆加入天文社好了。」

倘若時間倒轉，我們的對話，仍會停在這裡。我不志在成為快熟的人，不至於第一次聊天，便深入承接他的話題。我明明是知道的，他有多麼渴望切中核心，希望我追問他：「另一個黑洞是誰？」

大學生的生活，比我想像中的還要精采，卻不能讓人不孤獨。

面對這麼多的祕密心事，我常常想問，為什麼是我？為什麼選擇告訴我呢？你們明明有這麼多朋友，吃飯玩樂，都膩在一起。為什麼偏偏選擇告訴我這個認識時間不長的局外人？

明維終於送我回租屋處，紳士地止步。

沒有再提起黑洞的事，我感激地，和他互道晚安。

※

將近成果發表的日子，社長提高驗收的頻率。

我一周至少去兩次魔術社，原先欣賞魔術的悸動，已經蕩然無存。取而代之的是敬佩——這群狂熱的社員，反覆觀看著早就被拆穿的魔術，一遍又一遍替彼此糾錯。

輪到可芳的時候，她穿著黑色深V禮服，播放挑逗的音樂，笑容可掬地上場。她的手法粗糙，台風卻相當穩健，沒有心虛的表情。面對此起彼落的「妳的扇子沒藏好」、「妳的扇子快掉出來了」……可芳絲毫沒被影響，只輕巧地微笑，繼續表演她的。

只要再認真一點，把手法練熟就好了，可芳肯定能成為頂尖的魔術師。

可芳的眼裡只有自己——她滿心沉浸在表演裡，誰也看不見。失誤算什麼？哪怕扇子掉了滿地，她也完全不受影響，繼續打音樂的節拍。看她的演出，我常常忍不住檢討自己，剛剛的失誤是角度問題，還是我錯看了？

也許明維是被這樣的臉龐吸引了。不是真正愛上可芳，是戀上她心無旁騖的樣子。

我放柔語調，緩緩地告訴明維，我也曾戀上這樣的「老師」。姑且稱呼他為「老師」吧！我想不到更適切的稱呼了。我也曾試圖扭轉，和他之間，不平衡的關係。不論我使出任何方法，都沒能奏效，他依然故我。

想想也是，但凡我繃緊全身渴望得到的，他完全不在意。他最愛的人，終究是自己。不論我們如何爭吵，他照樣打他的電話，陪她出遊，為他們的結婚紀念日策劃旅行……

他沉浸在自己的戀愛裡，偶爾表露深情的樣子，說愛我。也或許，所謂愛情，不過是一場不能被拆穿的演出。失誤有什麼？只要跟著拍子走，大不了笑一笑，重來就好了。

明維從不在社員演出時發言。他只是安靜地，追索他們的演出程序。然後低頭在

A4紙上，細數他們的破綻，寫他的意見。驗收結束以後，明維遞給可芳的紙，足足有三大張。據說，這是他們混熟的契機——我猜想，寫滿筆記的紙，除了缺失以外，肯定也記載了對可芳的讚美吧？嫚嫚簡直是可芳的對極。她收到的筆記，一張A4紙也寫不滿。

嫚嫚的表演程序，設計非常精巧，手法也沒有問題。她的致命傷是沒有自信，屢屢在變完魔術的當下，流露慌張的神色。出槌的段落，往往是和觀眾目光交接的頓點。不知道明維遞給她的筆記，寫了什麼？嫚嫚需要的不是建議，是簡單直白的稱讚。若是我，肯定會大方地，寫上這句話：「我喜歡妳的魔術。妳笑起來很美！」

嫚嫚羞怯的臉，讓我想起久遠的童年回憶。小學的年紀，我和同學們玩躲避球，玩得正開心。玩到一半，下半場都還沒開始，老師便把我叫離球場。原來是家裡有事，阿公生病了，爸媽前來接我回家。

我笑著跑離球場，奔向爸爸，大力牽住他的手。他輕巧地甩開了，還沒離開同學的視線，他便大聲向我發難：「妳怎麼不照照鏡子，看看自己在球場上的樣子？妳笑起來好輕浮啊，醜死了，好難看。」

笑起來要怎麼樣才好看？我拚命對著鏡子練習，卻找不出答案。

也許我曾有機會能變成可芳的樣子。當我看著她的笑臉，彷彿同時也看見了，我自己的前世。我們不遺餘力地，戀上異於自己的人類——彷彿只要能為他們所愛，闇夜裡便有了光。

可芳是明維的光，真正擁抱明維的，卻是嫚嫚。

·

後來我才知道，明維寫給嫚嫚的筆記，和魔術全然無關。不管她想不想聽，他一廂情願地，向嫚嫚傾訴著對可芳的情意。原來他不曾用心看她的演出，只是自顧自地，把失落的戀情都吐給嫚嫚了。

網路上的訊息，略過就是了。熱騰手寫的書信，要如何忽視？最遲在下個星期以前，嫚嫚準時回信給明維，必然也是手寫。明維不滿足於此，反倒常和我抱怨：「我們的關係，嫚嫚永遠不會懂得。」

說來也是，可芳和明維的關係，就算是我也不懂得。他們是在可芳的學長畢業之後，才正式提出交往，附帶條件：作彼此的靈魂伴侶，與日常無涉，不能見光。

那些學長不在的日子，明維負責和她談心，照顧她的生活起居，載她去所有想去的地方。周末學長返校的時分，明維則和嫚嫚走在一起，假裝自己和可芳並不熟識。

沒關係，他們三人好就好了，我原先是這樣想的。直到有一天，明維隨手把嫚嫚寫給他的信，丟在茶几上。他竟然毫不在意地這樣說：「妳好奇的話，想看就看吧。」

我不小心越了界。

我攤開信紙，只是希望明維能停下來，勸他對嫚嫚好一點。

紙短情長，明維顯然不是細心的讀者，不懂嫚嫚的心意。她在信裡支持他們的關係，一如她在明維生活裡扮演的角色——她不搞破壞，只默默地陪著他，大概是認為自己搶不贏可芳。

嫚嫚寫給明維的信，字裡行間，彷彿預示著漫長無望的暗戀。我忍不住眼眶發熱，把話說得含糊，不小心省略了主詞：「（她）不覺得委屈嗎？」

沒有人是孤島，明維遂將那些不可說的，全都遞給嫚嫚。嫚嫚這麼寡言，這麼熱那麼冷，想必將風暴全封印在自己的島上了。

靈魂伴侶是太誘人的比喻，想當然，明維並不覺得委屈。他沒有聽清楚我的問句，理所當然地對號入座，演繹深情的男友形象。「不會委屈啊，我從來不覺得浪費，」明維深情款款地說：「總有一天，我會等到可芳，她會知道真正適合自己的是什麼。」

可芳確實不知道真正適合自己的是什麼。

用不著明維來說，某天彩排的時分，我便發覺了可芳的異狀。

那天我陪她去後台換裝，背對著背，不小心從化妝鏡瞥見可芳的身影。還記得，她脫掉上衣的瞬間，便迅速地穿上外套，躲進廁所。遮也沒用，可芳終究慢了一步——露出的瞬間，我瞥見她的肩膀上，有兩大塊黑色的瘀青。很長一段時間之後，她從廁所裡出來，換上華美的性感裝束。被粉餅輕輕吻過吧？可芳肩膀上的瘀青不見了。

演出的準備都完成了。可芳笑著走向我，從化妝包裡拿出各式各樣的刷具。反正閒著也是閒著，她要幫我畫一個美美的妝，大家一起拍團體照才好看。

可芳仔細端詳我的臉，研究我的膚色和五官，陷入沉思。

也許化妝是可芳最為精湛的魔術。我乖巧地，遵照她的指示，做足全套妝前保養：把臉洗乾淨，拍化妝水，把乳液抹勻……她肅穆地看著我的動作，凝神，不曾移開目光。

可芳不知道，我是刻意不上妝的。

和老師在一起的那些年，我拚命練習明朗別緻的妝容，很容易不小心把自己畫老。待到即將奔三的年紀，妝容好不容易符合年紀，卻再也畫不出年輕的樣子。所謂的青春面容，究竟是什麼模樣？

似乎不存在推辭的理由。我受寵若驚地，任可芳在我的臉上塗塗抹抹。先擦飾底乳，再來是隔離霜，壓一點粉餅。她一邊畫，一邊碎唸著：「妳的膚質很好啊！幹嘛不化妝。」

打完底，準備開始畫眼妝，可芳看向我的眼睛。

她慎重的臉，讓我想起明維變魔術時的表情。

我緊張地嚥口水，不知道厚重的黑眼圈，還有眼角的細紋，會不會洩漏祕密？可芳沒有說話。她安靜地拿出遮瑕膏，仔細塗抹，暗沉和細紋都沒有了。畫完眼妝，她要我攤開掌心，往我手裡塞了小瓶的眼霜：「這個給妳。」

再來是腮紅，沒什麼好爭議的，輕輕掃過就是了。她緊盯我的嘴唇，它顯然是整張臉，最難的一道習題。可芳深吸一口氣，破釜沉舟，豁出去了：「果然還是暖色系吧！不介意的話，我想幫妳擦一點點唇蜜。」

我抹上護唇膏，嘴唇微張，任她的巧手擺布。

可芳選擇以玫瑰粉的唇膏，塗滿我的嘴唇。再來是莓果紅，她在嘴唇正中間，上下各抹了兩個點，輕巧地刷開。收尾的時刻，她拿出粉橘色唇蜜，哄小孩似的：「放心，我絕對不會失手，妳稍微抿一下。」

大作完成，可芳拿來鏡子，要我端詳全新的自己。

我不能揉眼睛，奮力眨了眨眼，望向鏡中的自己。可芳在一旁解說，我才知道她畫的是「咬唇妝」，洋溢著幸福的戀愛感，讓人想咬一口。我頻頻眨眼，閃爍的淚光，不能被她發現——原來我不曾經歷的二十歲，是暖色系的，待吻的少女——終於被她重現。

可芳拿出自拍棒，搭上我的肩膀，自拍是我們的成果發表。

我們在鏡頭裡擠眉弄眼。硬擠出來的笑容，非常可疑。我望向可芳的唇，同樣是疊擦技巧——她為自己上的妝，卻是桃紅色疊上黑色，有一點瘀青的錯覺。我沒打算追問，只是看著她的唇，她便慌亂地解釋：「妳不覺得這樣畫，很有神祕感，有一點魅惑的感覺？」

我沒有答腔，只是操弄著鏡頭，變換角度，不停地按下自拍鍵。

可芳也沒有說話，我們繼續玩著擠眉弄眼的遊戲，直到兩個人眼睛都痠了，下戲了。

※

入秋了，嘉義早晚都有點涼意。

明維穿的外套太薄了，他摩挲著臂膀，目光炯炯有神，不顧張狂的風正灌進司令台邊。他喝了口水，也許是說累了，也或許是突然良心發現：「好啦，都在談我的事情，妳的呢？」

其實我也有點疲倦。儘管我們只是任性地，踩踏那些意義未必富足的時空，並且還期待從中有所獲得。回溯記憶是耗能的事。在明維、嫚嫚，甚至可芳身上……我全都看見了自己的影子。此時我是漂泊的船隻，徬徨在記憶之洋上，無從為自己定錨。

倦於聊起那段不堪的過去，我決定談談一些無關緊要的小事。

還記得我曾說過的，初見明維的那間咖啡廳嗎？我只在那邊待半年，就辭職了。那些客人，竟然能忍受我的臭臉。我帶著罪惡感離職，卻發覺我走後，店裡的氣氛如常，並沒有因為我改變什麼。

在店裡打工的日子，仍頑固地織進我的日常。

我偶爾會突然想起，那個老是坐在吧檯，就著昏黃燈光讀書的女孩。她總是點一杯九十元的冰美式，安靜地呆坐整個下午。黑咖啡映著她白皙的臉，我很想為她點一盞檯燈，叮囑她別把漂亮的眼睛看壞了。

有時候，我也會想起那對男女——他們總是在平日午後來訪，挑選店裡最隱密的位置。那個男人老是穿著黑色襯衫，女人卻穿得非常繽紛，沒看過她穿同一件洋裝。女人每次都點拿鐵，糖跟奶加好加滿，受不了一點苦。男人只喝黑咖啡，每一次都笑她沒品味：「糖加那麼多，真是浪費了。」

明維，你嗜甜嗎？我幾乎從沒看過你吃甜的食物。

我的朋友曾邊哭邊嗑完整盒巧克力。失戀的少女簡直是詩人了，她說，糖是神賜予傷心人的贈禮。倘若到不了流著奶與蜜之地，那也無妨，不如自己造一個。吃完巧克力，她擦乾眼淚，丟掉綁有漂亮蝴蝶結的紙盒，然後就再也不哭了。

離開他的那段日子，我極度嗜辣且嗜甜，彷彿刻意丟失自己的味覺。

明明起初我也只是，覺得很痛、很痛；因而把所有食物淋上辣油，企圖蓋掉痛的感覺。我隨身攜帶辣粉，甚至把新鮮辣椒帶在身上，灑進食物裡。都說辣是痛覺，我怎麼沒有感覺了？

吃辣無用，我開始嗜甜，受不了一丁點的苦。

百無聊賴的周末，我搭公車，大老遠地搭去郊區的食品材料行，搬整箱的白巧克力磚回來。搬出大湯鍋，隔水加熱，融成一大鍋巧克力醬。我抱著那鍋巧克力醬，窩在沙發，邊吃邊看綜藝節目。

在咖啡廳打工之前，我總是喝茶或可可，從來不喝咖啡。還記得打工第一天，老闆沖了杯單品給我，問我喝完有什麼感想。我能有什麼感想？我只覺得好苦。克服苦味，沒有更好的辦法，時間是良藥。

每天上班，剩下的黑咖啡，我逼自己把它們喝完。兩個月後，我才終於忍住催吐的衝動，不再積極地除去渾身的咖啡味。我終於習慣苦的感覺，甚至能從中品嚐出莓果調，堅果的香氣……周末的夜晚，我不再抱著巧克力醬大吃特吃。

當我在超市裡閒晃，又看到架上的白巧克力時，我常常想起那個點全糖拿鐵的女人。我很想和她作朋友，和她分享不再怕苦味的祕訣——

那陣子下班後，我揹著兩公斤的水壺，去鳳梨田間慢跑。跑累了，停下來擦汗，補充水分。跑得傷心想哭，就停下來，任自己放聲大哭一場。其實也沒什麼，只是身體裡的水分太多了，排出來就好，沒什麼好丟臉的。

※

沉默一陣子，我們從田徑場的塑膠椅起身，本來涼冷的椅子都坐熱了。

夜色越來越濃，我終於有一點睡意。看似是深夜，另一種說法是「凌晨」，天快要亮了。明維伸伸懶腰，輕拍我的肩膀：「我陪妳，我們在天亮之前，走回去。」

我對明維有點抱歉。我無意塑造傷感氛圍如此。面對巨量的悲傷，我們往往只能沉默。大概是不知道怎麼安慰我，陪我走回去，是明維最誠懇的表示了。我們披上外套，慢慢走回租屋處。

從田徑場走回租屋處，距離遙遠，步行要三公里。學校是一座山，田徑場在山腳下，沒有偷懶的捷徑。我們必得行經蜿蜒的小路，爬完數不清的陡坡，才能抵達校門口。繼續沿著大學路往上走，穿過一片又一片的鳳梨田，才能抵達我的住處。

不知道走了多久，我們終於走到校門口，繼續爬坡。

我們踏在崎嶇不平的人行道上。眼前寬廣的柏油路，無人無車。明維開玩笑說，他還真想去上面躺一躺。順著明維的目光看過去，空無一人的大學路，竟然連一棵路樹也沒有。我忍不住想起那年夏天，芒果樹的記憶。

你對夏天的印象是什麼呢？

我在這裡待了四年，對嘉南平原的夏天，是又愛又恨的。暑假期間的鳳梨田大學，宛如死城，學生們往往返鄉避暑。沒有人潮，校園周遭的店家，跟著放起暑假。在校園裡活動的，只剩下教職員工，零星的研究生，還有可愛的校犬。

那年夏天的大學路上，綿長地，矗立著枝葉茂密的芒果樹，綿延至路的盡頭。很難想像吧？大學路上的行道樹，竟然是芒果樹。在我畢業之後，據說是為了行車安全，校方把樹全部剷除了。路上完全沒有遮蔽，光禿禿的，熱辣的太陽足以把人蒸乾。

回想起來，芒果成熟時，我們才剛開始交往。在杳無人煙的校園裡，他牽起我的手散步，仰望結實纍纍的芒果樹。改不掉賣弄知識的壞習慣，他對我說起芒果樹的歷史：有人說是為了提高經濟效益，遮掩行軍路線，甚至還有慶祝皇室王子誕生的說法……我安靜地發呆，任他發完牢騷。

他口中的歷史，我完全沒有興趣，我只在乎愛情。

比起他人的歷史，我比較喜歡閒聊生活。譬如說，非常渺小不值一提的，你知道被芒果砸頭很痛嗎？特別是騎腳踏車上學的時候，很容易被砸中。千萬不要用手去揉眼睛，免得滿臉都是黏膩的芒果汁。

被砸中事小，暑假過後，地上都是被壓爛的芒果。九月的嘉義，依舊是悶熱的天氣，遍地都是陽光和雨的發酵實驗。柏油路上，瀰漫著腐爛芒果的氣味，彷彿是獻給夏日的輓歌。

我厭惡的表情，在他眼裡倒像是傷感了，他想帶我出門散心。我們收拾行李，規劃三天兩夜的旅行，開車上路。那時我絕對不會知道，這是我們第一次，也是最後一次出遊。

他緩緩開出校園，我雀躍地把行李丟到後座，繫上安全帶。行經大學路，發生了一件小插曲。不知道前方怎麼了？他突然踩了急剎，我撞到擋風玻璃，眼角瘀了一塊。

回神定睛一看，原來是有個戴著草帽的婦人，從人行道衝了出來。

她以跑百米的速度，衝到安全島上，大力搖起芒果樹，採摘熟成的果實。她的腰間綁著兩個大布袋，左手抓著竹竿，拾起遍地的芒果。那些搖不下來的，便用竹竿擊落。

我不曾看過他生氣的樣子，他嫌惡地罵了聲：「肖婆！」待她在安全島上站穩了之後，才繼續開車。我點開廣播，讓音樂流瀉在車裡，無聲地輕揉眼角那塊瘀青。

時至今日，我仍不懂，他在生氣什麼？飛蛾撲火的勇氣，只為一袋芒果，沒幾個人能做到。我在心底偷偷為她歡呼。她不過是在陽光刺眼的午後，不小心被金亮的芒果蠱惑——糊了眼睛，不惜冒生命危險，衝上前去採摘本不該屬於她的果實。

我是真的無意把氣氛弄得感傷。那些芒果樹的記憶，且容我說到這裡。

終於走到轉角的便利商店。明亮潔淨的燈光，像極了幽暗海上的燈塔。我們走進便利商店，在店裡晃了一圈，最後空手走了出去。

明維笑著告訴我，那些芒果樹的下落：「其實，它們並沒有死，只是全部移到學校附近的村落了。」不知道那個婦人，每到盛夏的豐收時分，會不會一如往常地，徘徊於芒果樹下。

※

我們走得渾身都熱了，故事還很長，還沒有說完。

夜色彷彿被無盡的話語稀釋，不再如濃墨那般黑，天漸漸亮了。

走到大吃街上，專門賣食物給學生的街道，最先開門的是早餐店。

不知道為什麼，這裡的早餐店，營業時間特別長。大清早就開了，一路營業到下午六七點，兼賣午晚餐。轉角的早餐店阿姨，一邊備料，一邊忙著把蒸籠弄熱。我突然很想買一顆熱騰騰的包子，可是還不到時候。它們被擱在吧檯上，還沒有退冰，甚至飄散著涼氣。

我還記得這間早餐店。我只買過一次。

那時我趕著搭公車，貪圖方便，便順手買了吧檯上的玉米三明治。好不容易趕到候車亭，抓緊時間享用早餐，卻被兩個四處發傳單的傳教士攔住：「小姐，妳相信天堂和地獄嗎？妳有沒有興趣想知道，真正的幸福是什麼？」

街道的盡頭是靈糧堂，常有信眾聚集。然而不論哪尊神，我都不信，走路時總是刻意避開那裡。

我堅決地向這兩個女人表明了自己的立場，我不信神，也不覺得有地獄。她們不輕言放棄，一邊塞傳單給我，一邊追問：「那麼，小姐，妳覺得幸福是什麼呢？」

我優雅地打發她們，從容地，把她們塞給我的傳單折成完美的正方形，墊在三明治底下：「我覺得幸福是吃早餐的時候沒有人打擾我。」然後我拆開包裝，開始吃三明治。

想來那天清晨，還是有一點詩意的。

那是兩個虔誠的傳教士，向候車亭的女子詢問，幸福是什麼？

倘若她們能遺忘教義，放棄得救，不管天堂或地獄——反其道而行，問我搭車要去哪裡，我或許會願意答話。甚至，她們要拋出矯情的問句，也沒有關係：「妳確定妳搭的這班車，真的能通往幸福嗎？」

看我大口咬著三明治，如入無人之境，她們臭著臉走了。

我沒有得意太久，她們轉身離開之後，我竟然在三明治裡咬到半片指甲。此後，經過那間早餐店的時候，我總會想起那片指甲的口感——那是玉米罐頭裡不該出現的脆片，指甲縫裡卡著黑渣，我差點沒吐出來。

聽完早餐店的故事，明維笑得眼淚都飆出來了。

他說，他也有一個早餐店故事，是國中的公民老師告訴他的。

那個老師不愛上課，課堂上最愛講八卦。她的早餐店故事，有一個悲壯的開頭：「你知道學校的正門口，也曾有過一間早餐店嗎？前陣子倒了。」她很喜歡那間店的三明治，他們的卡啦雞腿，培根蛋吐司都非常好吃。

直到某天她值導護，那天特別早去學校，撞見顧店的阿嬤正在做三明治。她用找過錢的手，把塑膠袋撐開，嘴巴朝著袋子哈氣，呼啊呼啊……袋子吹開了，徒手把三明治放進去。她忍不住跟阿嬤說，妳這樣不行啊！她卻硬是塞了三明治給她，跟她說不要緊啊，她賣三明治都多少年了，沒有人拉肚子。

此後她在校園裡，瘋狂地宣傳這件事。也許是宣傳奏效，早餐店的生意越來越差，幾個月後竟然倒了。早餐店招牌拆除的那天，她率領班上的同學前去觀看，與有榮焉地說：「太好了，沒有人會再吃到噁心的三明治了！」

幸福如此簡單。

幸福不過是能吃到美味且衛生的三明治。

我們繞過早餐店，繼續往上走，再上去是鳳梨田了。明維的租屋處，和我的完全是反方向，他還是堅持要送我回去。散步到住處的時候，天色漸漸亮了，天邊露出微微的曙光。那些待退冰的包子，應該早已被推進蒸籠，熱騰了。

我打開租屋處的大門，和明維互道晚安：「快回去休息，我們晚上再聊。」明維打了個大大的哈欠：「好啊，晚安，我們晚上再見！」

關上門，拉上窗簾之前，我看了一眼窗外的景色。太陽將要露臉，明維的漫漫長夜，才正要開始。我知道，明維是不會休息的，他絲毫沒有疲倦的樣子。今天是平常日，他要去載可芳吃早餐，應該沒有補眠的時間。我還是笑著對他說晚安，好夢好眠，我們晚上再見。

美夢也好，噩夢也罷，可芳僅僅是夢一場。

一切有為法，如夢幻泡影，有一天明維總會醒來。

但泡泡的薄膜，滿是絢麗彩虹，我想再沉醉一會兒。

3

妳著迷於所有鬼故事。他未曾偕妳造訪那間極富盛名的鬼屋咖啡。

多年後，妳總算一腳踏了進去，才發現根本沒什麼。所謂的「鬼屋」，不過是紅磚砌成的老屋，有盤根錯節的樹木攀附。扮成鬼的工讀生，完全不恐怖——他們親切地問妳，要不要來一杯黑白無常特調？或是來一份「淒」風蛋糕？鬼屋咖啡裡鬧哄哄的，人肯定比鬼還要多。

想來他也不是怕鬼，僅是怕被熟人指認。

妳想起那些夜晚，他搭車回北部的家。妳孤零零一個人，抱著玩偶窩在你們的房間。他們是不是手牽著手，漫步在台北的街頭？妳忍不住猜想。事實上，妳想得心都痛了，妳能如何贏過她？

她擅長烹飪，各國的料理都會煮，連蛋糕都會做。

同事們相約去他家聚餐，她端出一桌好菜——照片裡，胡桃色木桌，鋪著棉麻材質的米色桌巾，精巧的瓷器裡躺著豐盛的料理。他們一一上傳她做的美食，發文附圖：「娶到這種老婆真是賺到。」

她擅長打理家務，還有語言的專長。他曾在課堂上說過，他的妻擅長日文，偶爾會去日商的超市打工。她上網自學，搭配日劇練習，很快便熟練了，幫他翻譯文本也沒問題。

妳不能克制地想著她，費心蒐集她的資訊……妳什麼都不會，甚至連日文都學不好，整個學期湊不足五十音，被教授死當。

※

幾天後，他終於歸來。妳收斂所有的想念，央求他講鬼故事給妳聽。

他向妳娓娓道來，在他還是大學生的時候，曾和同學結伴去鬼屋探險。踏進屋後，眾人立刻感覺到一股詭異的涼意。鬼屋的深處，有一口很深的井。據說是婢女搞上了員外，被正宮逼著跳井，此後冤魂不散。

妳沒有答話，只是望著他，靜靜地笑著。不知道他對妳說這個故事，是為了暗示什麼？這時候的妳，早已學會不吵鬧。想要撒嬌，亟欲哭泣的夜晚，妳一而再，再而三地提醒自己：請妳不要忘記故事是怎麼開始的。

起初，妳明明也只是以為，自己終於不再是贗品了。

趁著他去沖澡，妳滑開手機，把刪除許久的交友軟體載回來。妳倦於被關在他建置的小房間裡。妳懷念那些向妳示好的網路信件。世界如此遼闊，妳永遠存在選擇——那些和妳年齡相仿，好看的臉蛋，四處都是。

浴室的水氣蒸騰，滴答的水聲漸弱，他擦乾身體走出浴室。

看妳沒有要搭理的意思，他跳到床上擁抱妳，寵溺的語氣：「放心，我沒有別的意思。妳不是婢女，我也不是腦滿腸肥的員外，沒有人會逼著妳跳井。」

沒有人，沒有人會逼著妳跳井，都什麼時代了。

他脫去浴袍，白色吸水的絨毛布料，浸溼了床單。妳緊盯那塊蔓延的水漬，任他抱妳吻妳——妳突然想起某個人，那是一張漂亮的臉蛋，妳甚至連他的名字都不記得了——你們是如何結束的？

剛和他交往的那陣子，妳約過幾個人，每個人都一樣，沒有記憶的必要。

你們不在乎彼此來自何方，卻一貫親暱地，千篇一律地彼此問候：今天的天氣如何？今天晚餐吃了什麼，心情好不好……你們不間斷地寫信，照三餐傳訊息，傳送彼此的自拍照。日日夜夜，交換彼此心緒，聯絡的頻率比他還要緊密。

後來你們在台北見面，妳瞞著他，大清早搭公車去車站。搭上往北的自強號時，已經是早上十一點多了。

抵達台北的時分，那個人站在剪票口等妳。看著他修長的身型，日系短捲髮，浮世繪馬汀鞋……妳萬分慶幸此時是冬日，得以整日包裹著粉紅色大衣，遮掩妳過時且廉價的穿搭。

妳踩著妳所擁有的，那唯一一雙高跟的靴子，隨他踏遍台北的街頭。妳踩得腿都痛了，痠痛的感覺，從腳底板延伸至腳後跟。那雙鞋不合腳，沿路摩擦，很快便破了皮。這時候更要挺起胸膛，優雅地，緩慢地走。妳畢竟不願以怪異的姿勢踩踏。

薄薄的太陽預備西下，他牽著妳，帶妳到巷子裡的甜點店吃下午茶。逢魔時刻，妳才發覺自己念想嘉義特有的，四季皆躍於地平線，不曾被建築物擋住的整顆太陽。

朦朧、淡薄的冬陽，於是構成了妳的台北印象。

店裡熱烘烘的，他建議妳把外套脫掉，妳抵死不從。

妳的外套裡，穿的是平價網拍買的紅色格子襯衫，短牛仔褲，小北百貨買的黑色絲襪。後來妳很欣慰地發現，上了床，其實穿什麼都沒差。

你們吃完昂貴，味道普通的甜點，他便領著妳去他的小房間。

原諒妳沒有更精準的詞彙。那是一層座落於大學附近，巷子裡的老舊公寓，其中一間分租套房。妳褪去靴子，踏著壓克力製的花紋地板，卻覺得軟綿綿的，彷彿置身雲端。腫脹的腳板，終於得到舒緩。

步入他的房間，妳驚異於他的沒有個性。

白色的床鋪，白色的棉被和枕頭，書櫃上空無一物。

妳疑心，他真的是網路上，和妳侃侃而談的那人嗎？妳想像中他的房間，應該是放滿了他的日常讀物，布迪厄，卡謬，高夫曼……妳本來還想和他借書翻看，問他書在哪裡？看他褪去衣服走入浴室，才死心作罷。

是在你們的第三次面，妳才發覺，那個小套房其實是私營民宿。只要上網點滑鼠預訂，一個晚上才五百元，甚至不必提前收訂金，隨時都可以取消。

於是這構成了你們的分手原因：他竟然在無數人睡過的床上吻妳，擁抱妳，做妳。

台北終究太遠。妳想要擁有屬於自己的小房間。

※

記憶的斷片反覆填滿妳，直到房東婆婆前來敲門。

她切來一盤鳳梨，祝福妳生日快樂。妳們肩並肩坐在床上，嘉義的鳳梨不酸，很快便吃完了。她又遞出當地產的鳳梨酥，妳泡紅茶回敬，驀然回想起那段為他煮水果茶的日子。

那段日子，妳並不好受，妳鮮少想起煮水果茶的記憶。

那陣子妳回到住處，每逢周末，管理室總會通知妳：「有人送鳳梨給老師。」妳從社區管理員手上，接過塑膠袋，裡面裝著三顆碩大的鳳梨，不經意刺傷了手。

不知道是誰送的？他從來都不吃鳳梨，受不了咬舌的酸。妳遂將整整三顆鳳梨，都熬成果醬。做果醬並不難，鳳梨妳倒是殺得艱辛。緩緩削去頭尾，妳仔細沿著鳳梨邊切，才削去它的堅硬外衣。

妳把裸身的鳳梨切片，倒入冰糖醃漬，煮成鳳梨果醬。燒水煮一杯蜜香紅茶，把果醬攪拌均勻，切大塊的蘋果、柳丁、檸檬汁……

起初妳還覺得非常有趣，且驚異地發現，鳳梨居然能做成許多種料理。

妳向他請款，買了大把的蝦子，剝來炸鳳梨蝦球。

鳳梨心也不浪費，切成薄片，炒薑絲木耳。為了消耗不知道誰送來的，每周的三顆鳳梨，妳每個星期都研發鳳梨料理：鳳梨毛豆炒飯、鳳梨海鮮燉飯、義大利人痛恨的鳳梨披薩……妳甚至自己製作蔭鳳梨。

鳳梨的產季似乎很長。從三月到七月，不知道是何方神聖，持續把鳳梨送到管理室。妳每個星期，做這麼多道料理，早已玩不出新把戲。

某個周末的夜晚，他重重地放下筷子，卻又不敢向妳發難：「同事說，鳳梨至少要一年才能收成一次，到底是哪來這麼多鳳梨？」

他的神色凝重，起身把整桌菜打包，拿去屋外倒掉。

妳並不覺得心痛，反正他倒的是隔夜的鳳梨沙拉、隔夜的蔭鳳梨蒸魚、隔夜的鳳梨炒肉……雖然，說到鳳梨料理，妳還是很想對他發脾氣。枉費妳苦心研發這麼多菜色，他最喜歡的，卻是那道詭異的鳳梨心炒木耳。

「從明天開始，只要收到鳳梨，一律丟掉，」妳心情複雜地看著他，直到他甜蜜地，向妳下了聖旨：「我們在外面吃就好，妳不要這麼辛苦啊！」他為妳收拾碗盤，指示妳更換洋裝，你們手挽著手出門吃飯。

你們開車去嘉義市中心，卻避開了那間人潮擁擠的砂鍋魚頭。路邊停車，你們一前一後地，走進巷子裡。那是一間年輕夫婦開的小店，隱身於市中心裡的巷弄。不到八坪的店，甚至是用鐵皮屋蓋的。店內的裝潢倒是非常新穎，日式的風格。

女人為妳遞上開水，隨手放菜單在桌上，問妳要單點還是要套餐。妳才發覺原來這是間咖哩專賣店，一天只賣一種口味，每天限量三十碗。妳點了套餐，妳是那種，吃飯不能沒有熱湯的人。

她笑著收走你們的菜單，向廚房的男人打了招呼。

妳觀察他們的分工：女人盛飯，男人熱咖哩、煮湯。所有外場的工作，似乎全落在女人身上。妳舀一口咖哩吞下，甜辣的辛香料味，混著蔬菜、牛肉和果香，不知道是誰的調味？妳總是在意枝微末節的小事。

後來妳非常洩氣地發現，他們的故事平庸得很。

也或許妳只是不甘心，到頭來總是男人——總是男人厭倦了飯店的主廚生活，放棄高薪、偕妻子回鄉，倆人用愛撐起一間小店。又是關乎愛和勇氣的俗氣故事。

妳擠出微笑，看著他和老闆閒聊吃食，突然發自內心覺得好笑。妳笑看他說得一口好菜，很專業的樣子。咖哩醬要如何製作、熬煮多久、打入多少蘋果泥……老闆永遠不會知道的是，眼前侃侃而談的他，其實連電子鍋煮飯都不會。

返家後，他回房間換衣服，妳走進社區的垃圾場倒廚餘。

走回公寓的路上，妳看見路燈下有一個女人。她的眼妝都花了，黑色的眼線暈開，蒼白的臉上流著一條小河。妳原想和她搭話。然而見妳走近，她卻鬼祟地躲藏，逃遠遠地，只遠遠地盯著妳看。

梨。

妳沒有做過多聯想。或許也只是鳳梨的產季過了，此後管理室再沒有待領的鳳

※

閒聊半晌，房東阿姨終於走了。

妳原想騎腳踏車出門晃晃，卻突然對自己的房間眷戀不已。妳關了窗、鎖上門，洗了熱水澡，光著背倒在床上。這畢竟是妳生平第一次，真正擁有屬於自己的房間。

小時候，妳和哥哥共用一間房，一直到長大。

妳曾以為所有人都是如此。直到高中時，朋友邀妳去他家玩，妳才發覺自己的不同。你們是一家人塞在窄小的公寓裡，共用浴室和廁所。無從躲避任何聲響，爸媽規定不能鎖門，毫無隱私。

好不容易脫離家裡，妳的住所也從沒空過。

剛上大學的時候，四個女孩塞在學校宿舍。誰穿什麼顏色的內衣，誰的內褲是

素色的，誰的有蕾絲小花邊……一覽無遺。妳們假裝要好，特意勻出時間舉辦「寢聚」，親暱地吃喝談笑。

身處在狹仄的空間裡，能化解尷尬的，畢竟也只剩下友誼了。

和他交往之後，你們共用三房一廳的空間，妳卻無從恣意擺放妳的物品。他要求妳的私人物品越少越好，最好隨時能裝箱，輕鬆地搬走。也許是這樣，他對你特別大方，每個月都買新衣服給妳，甚至鼓勵妳：「留幾件妳特別喜歡的，那些過季的就丟吧！」

此刻妳站起身來，打開衣櫥門，數算那段時期究竟留下多少洋裝。

坦白說，妳非常懊悔，何以如此奢侈浪費。那些被妳丟掉的，往往是當下看來並不起眼，卻非常實穿的衣裙。況且他的妻從不查勤。那個被妳擱在客廳的行李箱，從來沒有用過。

妳抓出那幾件洋裝，胡亂裝袋，拿去屋外的舊衣回收箱。妳洗淨抹布，跪下來擦地，連帶妳的書櫃和窗戶，整個房間妳都擦了一遍。大掃除可以說是妳的宣示：妳是房間的主人，妳擁有恣意擺布的權利。

「擁有權利意味著，妳要履行應盡的義務。」

摀住耳朵，妳甩去不時閃現的，他的聲音。

回想起那段日子，妳突然感到非常委屈——他的屋子非妳所有，妳卻要扛下全部的家務勞動。打掃、買菜、煮食……這些工作妳做得太習慣了，偶爾他只是幫忙倒倒垃圾，都足以讓妳心懷愧疚。

妳決定，暫且不要再想他。

好在妳的小套房，座落於鳳梨田間，很容易散心。妳換了衣服出門，沿著住處附近的田埂繞圈圈——看做田的人農忙，看流浪的犬隻流浪。走累了，便沿著下坡路段，走去學校附近的「潘（phun）街」覓食。

認識他之前，妳還沒有交通工具，三餐吃食全倚賴這條街。

從學校去民雄市區覓食並不划算，兩三個小時才有公車一班，錯過就沒有了。據說更早之前，民雄市區也是一片荒涼，連都會區隨處可見的全聯購物中心和麥當勞，都要騎超過三十分鐘的車才能抵達。

妳難以想像「夜衝麥當勞」或者「夜衝全聯」是什麼滋味。好在流行的現在式，是一夥人夜衝「斗南魚湯」——吹冷冷的風，長途夜車去雲林。暖足了胃，再吹冷冷的風，車回嘉義。麥當勞已經不再稀罕。

和民雄市區相比，鳳梨田的校園彷彿有結界。妳畢業這些年，潘街上的店沒怎麼變動。望著街上屹立不搖的店面，妳突然湧出一股生之喜悅——絕望的時候，就去看看街角那間便當店吧！溼黏的飯菜，時而過鹹時而無味的調味，竟然能在這條街上，存活將近十年。

用餐時間，妳隔著街道，遠遠地看著那間店裡麻木的人群。妳自有吃食的口袋名單，此刻，妳卻不再覺得孤單。如果說，你們的學校是一座孤島——那麼，很浪漫地，你們都被困在這裡了。

妳想起很久以前，初入學時，妳和直屬學長走在寧靜湖畔。你們的四周有山環繞，妳遙望那方座落於寧靜湖上的小橋。天邊的夕陽折射成暖橘色，湖上有鴛鴦划行，還有互相理毛的鷺。

「我好喜歡這個學校，這裡的景色好美！」妳忍不住發出喟嘆，不顧他笑著潑妳冷水：「相信我，景色看久了就膩了，很無聊。我就不信這裡夠妳美四年。」

曾令妳嗤之以鼻的回應，此刻，妳不能再同意更多。

※

重返校園，的確，美歸美，安靜地待著太無聊了，妳決定為自己找一點事做。

妳不是喜歡熱鬧的人，偶爾，還是會想找人說話。少量的社交，有益身心健康。妳想要找一份能接觸人的打工，補貼妳的生活。放眼望去，附近有張貼徵人啟事的，也只有餐飲業了。妳抄下咖啡廳的徵人啟事，遞簡歷過去。

那間咖啡廳的生意並不壞，經營許多年了。大學時曾去那裡讀過幾次書，店裡的飲料不難喝，卻非常普通。翻遍菜單，也只有那幾個品項：冰紅茶，冰拿鐵，或冰美式。大概是沒錢請工讀生，老闆一人顧店，動作非常慢。他總是靦腆地為妳送上飲料，深怕干擾妳讀書，連打聲招呼都沒有。

幾天後，妳接到面試通知。

時隔多年後，妳再次踏入店裡。店面已然易主，裝潢完全兩樣。

面試時，妳非常漠然地，聽著陌生的老闆滔滔不絕地向妳解說：「妳會喝單品咖啡嗎？我們這裡是自烘店，以單品咖啡為主，注重與客人之間的互動，隨時都要保持笑容……」

問題大了，妳誠實地告訴他，妳沒有喝咖啡的習慣，特別是單品咖啡。沒想到，他非常欣賞妳的坦誠──比起身經百戰的吧檯手，他更喜歡一張白紙，隨便他調教。當場宣布錄取，他遞給妳手寫的咖啡筆記，絕不藏私。

妳惶恐地捧著筆記本，拿走店裡的菜單，回租屋處仔細研讀。這張單子，輕巧地把世界一劃，切成中南美洲、非洲、亞洲這三個區域。上頭全是妳沒聽過的品名：蒲隆地、哥倫比亞娜玲瓏、琳莎莊園……

整張單子，妳只認得「耶加雪夫」──堪稱你們的戀情剛開展時，妳最寶貝的回憶。

那時妳尚渴望以任何形式，和他的日常產生連結，他便帶著妳和他的朋友會面。你們避開湧滿人潮的星巴克，走入嘉義市區，再一次步入老舊的巷子裡。映入眼簾的，是一整排鐵皮屋頂的矮房子，最高也不過兩層。

最終你們止步於鐵門緊閉，紅色門牌的油漆早已斑駁，爬滿雜草的房子前面。他撥了一通電話，叫朋友前來開門。等待的空檔，妳發現門口停了台破機車——座墊皮開肉綻，黑色的真皮剝落，露出黃色內裡。

定睛一看，那塊黃色海綿上，居然飄搖著一朵頑強小花。不似蒲公英，也不似隨處可見的小黃花。少女似的，她竟生有粉紅色的心形花瓣，無辜、可人地隨風擺盪。彷彿只要妳姿態夠柔軟，進退便都是舞蹈，不怕被攔腰折斷。

妳在心底描繪她的輪廓，強迫自己烙印她的長相。深信總有一天，妳將會精準地指認她的名字。假如她沒有名字，草木圖鑑上遍尋不著——那更好，妳會自己造一個。

妳想起小時候，阿公的庭院長滿豔紅色鮮花，大氣的花瓣神似牡丹。

幾乎荒廢了整個下午，妳摘下整座庭院的花，恭敬地放在神明桌上。端完供品後，妳和阿公邀功，他卻沒有絲毫遲疑地，把它們扔進垃圾桶：「不要把雜草放在這裡。」

是在許多年後，妳才明白，原來雜草也有名字。

那是某天夜裡，因為寂寞，妳點開廣播。將近凌晨，節目走到尾聲，主持人播放最後一首歌曲，和妳說晚安好夢。這是伍佰的新歌。歌詞描述的，是隨處可見的「釘子花」，說不定曾在妳的夢境裡出現。他說，這種豔紅色的花朵，相信妳一定見過。

雜草不僅有名字，竟還被寫成了故事。

難以言明那個當下，妳有多麼感動。妳熱淚盈眶地，聽伍佰以粗獷的聲線，唱出妳的童年哀歌：我是被誤解誤解的釘子花、有遮多人根本不知著我的名、我是會諒解諒解的釘子花、毋管時代改變、我嘛佇咧開花……

搖擺歸搖擺，妳沒有在回憶裡沉浸太久；妳的童年事小，無關整個時代。

※

他的朋友騎檔車前來，身手俐落地為你們開了店。

鐵門拉起，他的店是日式風格，裝潢全是木造的。木質的窗框，木頭隔成的包廂，木地板上鋪滿了榻榻米，地上躺著幾顆碎花坐墊。他迅速地擦拭桌子，燒水，熱義式機，為你們手沖咖啡。

妳欣賞著他綁起的馬尾，削瘦的臉，俊秀的五官。他專注地，往濾杯裡注入細細的水柱，畫出工整的圓，偶爾繞幾個小花邊。由內而外，由外而內……妳偷偷在心裡，跟隨他的手勢，勾勒一幅精巧的畫。

「這是耶加雪夫，請你們喝。」他把咖啡和菜單遞給你們，轉身去忙店務。妳啜一口咖啡，還沒發表感想，身旁的他便搶著發言：「好喝吧！去咖啡廳的時候，如果不知道要點什麼，選耶加絕對有品味。」

妳把咖啡推給他，請他幫妳喝完，然後跟老闆要了杯冰可可。

那是妳第一次接觸單品咖啡，沒有甜品搭配，妳不能下嚥。妳一邊啜冰可可，一邊聽他們聊咖啡產地。妳對咖啡知識沒有興趣，卻很想插嘴告訴他們，妳初次接觸咖啡的回憶。

妳已經想不起來，那是多小的年紀。

爸媽曾掏出大把的錢，把哥哥和妳抓去上鋼琴課。不是那種連鎖的鋼琴教室，上課地點在老師的私人宅邸。一對一教學，從doremi開始教起。哥哥上課的時候，妳便坐在沙發看書寫作業，從小妳就很擅長打發時間。

那些等待的時刻，妳從來不覺得無聊。

妳是平庸的小女孩，誤入童話故事，誤入公主的城堡作客。

妳沉醉在裝潢精緻的屋裡。鵝黃色的燈光、鋪蕾絲墊的沙發，是妳幽黯童年裡最明亮潔淨之處。妳總是癡癡地看著鋼琴老師，妄想待妳長大，是不是也能長成這樣的女人——

她穿著粉色雪紡洋裝，以氣質的聲音說話。纖瘦細長的手，輕巧地在琴鍵上跳躍，彈奏悠揚樂音。最讓妳羨慕的是，她擁有一棟城堡般的漂亮房子。每個月都舉辦音樂會，沒有誰來抗議。

還記得那天，妳偷偷記憶著哥哥彈奏的音符，她走到吧檯邊，倒一杯黑咖啡給妳。沒有猶豫，沒有過問妳幾歲，妳著迷於被她當成大人的瞬間。也許喝完這杯咖啡，她會願意和妳談談自己。

她總是趁妳去廁所的時候，和哥哥閒聊，那些她認為妳還不能參與的話題。妳萬般羨慕，她如此無私，和他分享過往的情史：「我和他是在救國團認識的，他很會彈吉他……」妳回到教室，她便收斂起笑容，不說了，回頭專注在樂譜上。

妳忍著苦澀，一口氣喝完整杯咖啡。甚至還和她要了第二杯、第三杯、第四杯。終於輪到妳上課了，換哥哥坐沙發，寫功課。她無視妳得意的臉，翻開樂譜，親切且客套地問候：「郁欣，妳今天過得好嗎？」到此為止，她規矩地上完整堂課，沒有閒聊。

返家後，妳抱著馬桶，吐了整個晚上。

沒什麼，哥哥喝了三杯咖啡，還不是好好的。

妳試圖說服自己，也許這就是成人的滋味。在時間領著妳到達之前，妳決定繼續喝她泡的咖啡，學會適應嘔吐的感覺。

幾個星期後，爸媽卻以課業之名，停掉妳的鋼琴課。

妳甚至不知道那是最後一堂課。來不及道別，便自她的課堂畢業。

※

夜裡妳難以甩去鋼琴的樂音，起身翻找鑰匙，那是他贈予妳的信物。

回想起來，那些日子還殘留著一點甜蜜。初交往時，妳還住在大學生宿舍，某天下課他寄信給妳：「傍晚，活動中心旁見，帶妳去祕密基地。」妳便穿上簡便的布鞋，爬長長的斜坡，往活動中心走去。

通往活動中心的小路，坡陡不容易行走，被學生們戲稱為「好漢坡」。妳避開好漢坡，改走研究生宿舍。這條路也是上坡，只是鋪滿了階梯，比好漢坡好走許多。妳篤定地，踏著細碎的步伐，一步步走完階梯。

說來奇怪，漫長的紅磚階梯，居然沒被寫成校園的鬼怪傳奇。

樹影隨風搖動。初夏的傍晚，被風吹得涼涼的。妳不能自制地算起階梯數量，不經意想起妳曾聽說過的，校園盛傳的鬼故事。其中讓妳印象最深刻的，便是「女鬼橋」的傳說。

據說台中的某間大學，校園湖邊有一座橋，夜裡你必得心懷敬意走過。

倘若有人輕拍你肩膀，詢問你現在幾點，你的系級姓名是什麼——還請你不要認真，務必對她胡謅故事。假如你誠實回答，霎時之間，你腳下的階梯將突然少一階。她將無情地帶走你，取走你的生命，你的一切。

自古以來，駭人的總是女鬼；鬼怪似乎不存在第二種性別。

關乎她的身世，他們訴說的版本，令妳憤恨非常。

他們這樣描述她的故事：有對愛侶決定私奔，雙方約好在橋上見面。男方失約了，遲遲不見人影。然而，她願意等——她癡癡地站在橋上，等了三天三夜，心碎跳湖而死。

她為男人背信而死，化成鬼後，竟然沒有人願意誠實以待。

也或許救贖的可能別有他法。妳願意為她發誓，此後妳將耐心地，數算每一座階梯。一階，兩階，三階……倘若她飄然而至，妳要先問一問她的身世，如實且開朗地，和她訴說妳的故事。

儘管拿走妳的生命。妳沒有什麼可以失去。妳捨不得數完這座階梯。

夜深了，此時妳仿擬年少的自己，碎步走過那座階梯。

妳毫不畏懼地踏過灰色水泥建物，穿越空蕩蕩的走廊，抵達活動中心。然後又是階梯。妳細心數算階數，爬上活動中心三樓。沿著長廊走到底，那裡有間封死的房間，門窗被膠帶貼滿，那是他口中的祕密基地。

妳拿出鑰匙開門，門把輕巧地為妳轉動。

這裡曾是學校的琴房，鋼琴壞了，校方懶得修繕。眼不見為淨，便鎖了起來。時至今日樂器還在，只是鋼琴蓋上，積了厚厚的一層灰。妳抹去灰塵、輕撫琴鍵，樂音便從妳的指間溜了出來。

妳會彈的曲目不多。那些樂曲，全是他教會妳的，小步舞曲、波蘭舞曲、詼諧曲、結婚進行曲、卡農……

比五線譜更深刻的，是夏日傍晚的回憶。

還記得那天，他為鋼琴調音，遞給妳琴房的鑰匙。那時他還樂於聽妳傾訴，不惜真摯地回應：「讓我陪妳再長大一次。」妳努力擠一張似笑非笑的臉，不願意被他小看，還是忍不住溼了眼眶。

然而，你們的鋼琴課，卻沒有持續太久。

後來他總是中途離席，或是突然告知妳，臨時有院務會議要開。妳獨自摸著鋼琴，凝視著窗外，消磨整個下午。那些簡單的曲目，經過反覆練習，全被妳烙印在腦海裡了。

熱戀期過後，妳放棄鋼琴，搬離學生宿舍，隨他移居至嘉義市區。

※

醒來時已是清晨，沒有人發現，妳竟然在琴房裡睡著了。

妳鄭重地把房門上鎖，匆匆和祕密基地告別，趕回妳自己的房間。簡便梳洗一番，妳沒有忘記，今天是咖啡廳上工的日子。妳還記得老闆說，穿衣準則是有領不露腳趾。妳穿了素色上衣，牛仔褲和布鞋，去店裡報到。

聘用妳的老闆，和妳所見過的咖啡店老闆們大不相同，沒有一絲一毫「職人」的氣質。妳反省自己是不是以貌取人？他是五短身材，一年四季都穿著襯衫和皮衣背心，試圖遮掩凸起的大肚子。他總是戴著帽子，不願意拿下來，不知道在遮掩什麼。

他教會妳的第一課，是用氣音說話，模仿戀人在耳邊低吟，讓客人感覺妳的溫柔。他刻意強調「戀人」二字，不時輕撫嘴邊的鬍鬚，嚴肅地叮嚀妳：「妳務必記得，要用一種追求對方的態度，去面對客人。這是服務業最重要的精神。」

第一天上工像極了打仗，妳凡事都在學習，甚至連放置器皿的位置都還在熟悉。下班之前，他預留半小時，和妳長談：「妳看起來太緊張了！臭著一張臉，怎麼和客人作朋友呢？」

提點妳的缺失之後，他突然放柔了語氣。循循善誘地，他希望妳回去思考自己和朋友的關係，乃至和戀人的關係。這些都是構成妳最重要的部分，他說，妳要開始思考自己在店裡的「人設」。

妳苦笑說好，話都還沒說完，便有個圓潤的女人推門走了進來。

她一屁股坐在老闆的椅子上，癱軟身體，向他撒嬌：「欸，我好久沒有吃鹹酥雞，下班幫我買鹹酥雞！」妳仔細端詳她的臉，她有一雙愛笑的雙眼皮大眼，圓圓的鼻子翹起，非常可愛。

妳未曾擁有過健全的關係，從現在開始觀察，總可以吧？

準備下班了，妳一邊擦拭桌面，一邊觀察他們的關係。老闆走去店門口抽菸，回來時對她大聲嘆了口氣，低聲抱怨：「現在是上班時間，有領不露腳趾，妳穿了什麼？」

她穿著白底紅點的V領洋裝，搭配高跟涼鞋，綁高高的馬尾。刻意露出的白嫩胸脯，顯然他沒看見。

出乎妳意料的是，她沒有發脾氣，只是嘟著嘴走向門口。他沒好氣地扔給她車鑰匙，要她回家，沒穿正式的衣服不准過來。她以幾乎聽不見的細小聲音嘟囔著，好啦好啦，我晚點再來接你……便轉身走出店裡。

不管妳想不想聽，他切換成溫柔的語調，開始訴說自己的感情故事。

他不知道的是，關於故事，妳自有一套標準。妳非常老派地覺得，一個好的故事，必得始於一個好的開頭。而妳非常厭惡他自以為是的開場：「她絕對是我人生中不小心抽到的鬼牌。」

他沒有在她的故事上著墨太多，卻談論起他的前女友，前前女友，前前前女友……

他滑開手機螢幕，秀出她們的照片，驕傲地向妳炫耀：「她們都很漂亮吧？我是外貌協會，長得漂亮就好，個性不重要。」妳很錯愕，不知道該說什麼，安靜地聽他碎唸：「物以類聚吧？她們都是很優秀的女生。會被我吸引的，都是這種人。現任完全是特例，又矮又醜，個性軟爛……」

聽到這裡，妳忍不住打斷他：「既然前任那麼合，是怎麼分手的？」

他沒有正面回應，嘆了口氣，切換成另一種語調：「其實她們每個人都是真愛。只是那時候，我不想付出愛吧！」他的故事，沒有具體的情節，卻深情無比：「我不願意傷害她們，可是，我終究不能愛人。」

看妳沒有回應，他也不覺得尷尬。

不管妳想不想看，他把歷任的照片傳給妳，方便妳仔細端詳。然後，他從頭到腳，把妳渾身打量了一遍，沒頭沒腦地說：「現在妳知道了吧？她的臉，我是真的不行，根本鬼迷心竅。啊，還有妳！雖然員工都說妳很可愛，但我的標準很高。妳的話，我也完全不行啊。」

妳愣了兩秒，不知道這是騷擾，還是玩笑？

第一天認識，他就在心裡拚命說服自己，你們之間不存在任何可能性。

時間到了，他轉身發工資給妳，宣布妳可以下班休息。他很在乎妳的感情故事，臨走之前，不忘再提醒妳一次：「放輕鬆，臉不要那麼臭，下次換妳跟我說自己的故事。」

反正沒有誰真正在乎彼此的身世。

妳擠出笑臉說好，他也只是說說而已，對此妳非常放心。

返回租屋處後，他又傳來簡訊，要妳想想自己喜歡的店員風格是什麼？妳要講咖啡店也好，櫃姐也好……他要妳下次上班時給出答案。而妳的答案，其實非常簡單，一下子便能說完——

妳最喜歡那種，服務生臉很臭，咖啡丟了就走，不寒暄不叨擾，讓妳安靜待整個下午的咖啡廳。找零時用摔的，把錢摔到妳臉上，要妳自己去撿，也沒有關係。妳每次去酒吧，總會刻意避開吧檯的位置——不知道為什麼，妳恍神的臉，看起來非常憂鬱，深怕多心的 Bartender 就要倒熱紅酒給妳。

謝謝那些熱心的店員。妳不喜歡被他們招呼。他們最好就地把妳丟著，妳喜歡自己閒晃。妳不想和他們產生交集。妳不希望他們擺一張笑臉走過來，心裡卻想著，接下來要情緒勞動。

妳不相信溝通的可能。真的，人生已經太難，就不要為難彼此。

妳不喜歡抱著目的交心。可是妳卻非常喜歡，看臭臉店員崩塌的臉上，因為即將下班和朋友約會，不經意綻出少女的笑。偶爾也存在這樣的幸運時刻，不枉她零錢摔這麼多日子，終於認得妳了、混熟了，突然開口閒聊幾句。

妳喜歡那些鬆懈的瞬間。像是某個落雨的尖峰時刻，兩個狼狽而疲倦的人靠近，認出彼此，卻什麼也沒說。你們只是相視一笑，然後，又再度被淹沒在人群中……

4

周末的傍晚，明維提了一包烤雞，在我的租屋處門口現身。

「沒想到學長這麼快就回嘉義了！我差點忘了，這幾天是校慶……」我一邊聽他碎唸，一邊拆開烤雞的包裝，然後便迎來絕望的問句：「告訴我，你們的故事是怎麼結束的？」

包裝有點難開，大力撕扯之下，雞汁全溢了出來。明維漫不經心地，把整包衛生紙遞給我。我吮去手上的雞汁，把小茶几的邊邊角角都擦過一遍，淡然地和他宣告：「不重要。」

故事的結尾並不重要。至少對你來說是如此。

我們的故事，對明維來說，毫無參考價值。不過，我還是願意告訴明維，那些我曾無比珍視的故事尾巴。即便時至今日，它們早已失去意義，我仍覺得值得一提。

這些故事，始於我也曾和你一樣好奇，她們的故事如何結束。

※

考上大學之後，我終於離家，開始經驗生活。

我的身世鄙薄，沒有故事好說，只得把自己活成樹洞。聽故事的時候，我從來不評價敘事者——他們的故事，我未曾經歷，開口都覺得心虛。也許是這樣，許多人找上我，訴說感情的難。

我仔細聽他們傾訴，安靜地，編織未來的想像。

我很想知道，遠在前方等著我的友誼和愛情，是什麼模樣？綺麗的想像，遠比故事綿長。那些想像非常羞恥，我只能和你透露一點。對於關係的想像，當時我最滿意的版本是這樣——

我要談過三、四段感情，每一段都刻骨銘心，在生命裡留下印記。我要掏空所有，付出所有，烈日下長跑只為一點點愛情。我心甘情願被踐踏，忍著眼淚陪笑，沒有任何獲得。

反正到頭來誰都會走。

傷痕累累，我仍要以最妖豔的姿態獨行。這正是整個「想像」的核心：時間刻劃我、故事在我身上烙印疤痕。假如你恰好經過、又不經意問起，我將驕傲地揭開所有瘡疤，向你娓娓道來……

想像到此為止。

後來我才發現，從來都是故事找上我，我們找不了故事。

而時間很長，我未曾完成那些想像——傷痕已臻痊癒，不留任何痕跡。為銘刻所有，我只能反覆地敘說。即使每複述一次，故事便褪一層意義，我仍不能遏止地向你敘說。

我懂得你的寂寞。

是這樣的夜晚，她們找上我。

我以為自己習慣了等待。沒想到他返家的日子，仍那麼漫長，讓我牽掛。我一遍又一遍滑著社群軟體，查看上線時間和定位，確認他是不是早已平安抵達。他從來不避諱我看！總是大方地在臉書上，公開她的照片，甜蜜寫道：「數不清是第幾年紀念日。」照片裡她嘟著嘴，作勢吹去蛋糕上的蠟燭。

粉紅色的問號蠟燭，恰似她的年紀，沒有答案，猜不出確切的歲數。我仔細研究她的五官，圓睜的大眼睛，小鹿般的粉色耳朵，微微翹起的鼻頭……她的肌膚沒有一絲細紋，彷彿是森林裡走出來的空靈少女，不見歲月痕跡。

我點入她的臉書，她的頁面裡，放滿了美食的照片。

淺色木紋桌面，手工編織的桌墊——她熱愛烹煮異國料理，搭配不同的食器。磚紅色鑄鐵鍋，盛滿紅酒燉牛肉，搭配馬鈴薯泥。淺色砂鍋裡，滾著清燉獅子頭，配菜是涼拌豆干。圓形實木盤裡，則裝著生火腿披薩……她樂於為食物拍遺照，寫幾句暖心小語，hashtag 煮婦日常。

她不自戀，從來不自拍，不放自己的照片。

我滑了很久，她露臉的照片，幾乎都來自他的頁面。

他喜歡偷拍她烹飪時的表情，練瑜伽的姿態，插花時的照片。她的才華洋溢，最近新學了油畫，他為她專注的側臉，擅自寫下註解：「亞麻仁油的味道能讓她靜心。」她投入的表情真美！每次看她的臉書，我總是忍不住懷疑起自己——索性關掉視窗，不看了。

我游入另一個網路社群，閒聊感情問題那種。

讓我駐足許久的，是「第三者」的專屬討論區。她們熱議的文章標題，是無聊的問句：「大家都有彼此的合照嗎？」幾個人秀出牽手的照片，更多人的回應是沒有，附帶怨聲連連：「我明明長得比她好看，他卻從來沒有拍過我的照片，一張也沒有。」

她們的故事，比我的悲慘許多。

那是一群自認擁有真愛，只是相遇太晚的女人。她們各個都不服輸，糊著眼睛追愛，久而久之便也模糊了年歲。明明已屆中年，卻懷著少女心，泅泳於愛之海。彷彿永世不得超生，不能上岸……

她們便是這樣找上我的。

我在文章底下留言，那個發文的女人，便將我加入「第三者」的聊天群組。群組名稱很有趣，為了防止被抓包，她們把群組命名為「主婦太太：被飢餓行銷的愛買團」——每個人都要先分享自己的故事，才算是正式加入。

我胡謅自己的身世，虛構年齡故事，混入她們的閒聊。

不得不說，我實在很佩服這群「主婦」，各個都是時間管理大師。她們有正職工作，下班要打理家務、帶小孩、照顧公婆……竟還能勻出另一段時間，為另一個人作漫長的等待。

發言頻率最高的「許太太」，在職場和情場上，都是女強人。她總是在下班後，和姐妹們抱怨，等不到情人的訊息。他是她的下屬，年紀比她小六歲——他有健壯的身形，高聳的鼻子，小狗的眼睛，正中她的審美偏好。

他們時常一起出差，很容易萌生革命情感。每天膩在一起，相處的時間，比家裡那位還要長，自然地形成交往默契。兩人卻非常理性，約好不妨礙彼此家庭，下班後各自回家作模範夫妻。

許太太確實相當模範。下班後接小孩、買菜、洗菜、煮飯……群組便叮叮咚咚地響。她一一和姐妹們分享她的行程、上傳晚餐菜色，藉此沖淡對他漫漫的思念：「不知道他現在在做什麼？她是不是也燒了一桌好菜？」

我想我永遠不會忘記，剛加入群組那天，許太太的自我介紹。

許太太說，她非常討厭自己的名字——不知道哪來的算命師，把她取名為淑芬。天知道路上有多少個「淑芬」？她弟妹的「俗」度，也不遑多讓。他們分別被命名為家豪和美惠，同樣是滿街跑的名字。男的大器，女的賢淑，萬年不敗的經典款期許。

許太太說，只要學會變通，名字就不是詛咒。我幾乎能想像，她在螢幕的另一頭，慧黠的微笑。她樂於作一個小寫的人，丟掉慣用的姓氏，變成另一個人。再也不是隨處可見的「林淑芬」。她的新名字是「許太太」。她願意作他生命裡的窈窕淑女，純潔又芬芳，恆常為他綻放——不是誰的期許，是她自願的！

自我介紹完畢，她的結語是這樣：「大家叫我許太太就好。」停頓兩秒，又補上最重要的一句：「喔，雖然我先生姓張，哈。」

※

還沒說到故事的尾聲，明維便要求我把他加入她們的群組。他眨著孩子樣的眼睛，疲憊地告訴我：「我不想再和嫚嫚通信了，她不能理解我的痛苦。只有她們能懂得我。」

實情是，沒有誰能真正理解誰的痛苦。

這正是我和她們虛構故事的緣由。我是這樣想的——對這群「主婦太太」來說，一個妙齡少女捲入的師生戀情——看來不過是一場浪漫的夏日戀愛。倘若我向她們吐實，許太太想必會這樣評價：「享受吧，孩子！」

就像是我也希望你能好好享受一樣。

愛不得，也沒什麼大不了。就當自己是參加了短期的夏令營，只是在一場感情遊戲裡，吃了敗仗而已。外面的世界，遠比你想像的還要寬廣。你永遠都存在選擇，隨時都可以優雅退場……

我總是不小心說得太多。過來人姿態的說教並不有趣。明維無視我的回應，繼續追問：「那麼後來呢？後來，她們的故事，是怎麼結束的？」

恕我不能回答。

因為我所能捉取的，僅僅是她們的故事尾巴——它們像極了轉圈的小狗，追逐自己的尾巴，沒有起點和終點，只是在原地打轉。她們的故事根本無從開展，更遑論結束。

你還願意聽她們的故事嗎？我是很懶得再敘述一次了。

許太太是群組裡最懂得分寸的「主婦」，偶爾不小心越界，也不會讓自己落入難堪的境地。抱怨歸抱怨，其實她清楚地知道，自己要的究竟是什麼。其他人便沒這麼優雅了。她們老是把事情搞砸，狼狽地和姐妹們求助。

她們的故事，俗濫如電視劇，我敢說你不會有多少興趣。

「主婦」群裡，最糊塗的是小瑜，她時常不小心落耳環在他的車裡。是真的不小心。小瑜沒有城府，更沒有謀劃的膽子。我常想，她大抵是把畢生的勇氣都用完了，再不能提起任何力氣。

剛進職場的時候，他是負責帶領小瑜的組長，幾乎教會了她所有事情。

接下來的故事，你應該猜到了。他開始頻繁地向她示好，她必得面臨抉擇。小瑜沒有猶豫太久。心一橫，便和長跑的男朋友提了分手，躍入他悉心描繪的未來。

小瑜畢竟是真正的糊塗，和他交往兩年後，才發現對方已婚。

如今他們已然邁入第五年，暫且安穩地走，她盡量不讓自己想得太多。

她再也沒有任何興致，去找一個全新的人，從頭建立起全新的關係。她是連跟超商店員說話都懶了！小瑜無奈地嘆了口氣：「反正哪天等他膩了，我也就能畢業了。」

這個故事還不夠芭樂嗎？倘若你還沒聽膩，我願意再說一個。

不是每個人都能做到無欲無求。群組裡，她們偶爾也談論計謀。其中最誇張的是森森，她是故意把耳環落在車上的那種人。滑遍她的臉書，偷看他們的對話紀錄，森森不知道自己輸在哪裡？她整天詛咒他的妻，她醜又遲鈍，遲早會被她取代。

耳環的事，沒有下文。不知道是不是怕打草驚蛇，正在悄悄地蒐證？蒐證就蒐證吧！他遲早是她的，森森渴望被發現，當眾對質也沒關係。大半夜的，森森硬逼他去酒吧，陪她喝悶酒。他的妻睡得不醒人事，枕邊人失蹤了也沒發現。

森森不死心，緊捉兩人出差的機會，趁他熟睡之後，偷偷撥無聲的電話去他們家——「喂？請問哪裡找？」

「喂？你再不出聲，我要掛電話了……」

他的妻竟然是小女孩的娃娃音！森森捉著電話竊笑。

出差結束之後，他突然取消晚餐約會，竟然還不是因為她起疑心。他在電話那頭抱歉地說：「不知道怎麼了，她竟然懷疑家裡鬧鬼。」這個星期不見面了，他必須好好陪她幾天。

森森徹底為她的安全感打敗，還是不願意放棄。群組便又開始叮叮咚咚地響。她們齊聲痛罵，妒忌他的妻沐浴在愛裡，活得這麼安逸。屢戰屢敗的森森，是徹底和她槓上了。不顧姐妹們的阻撓，她竟然開始計畫懷孕……

後面的故事，還要我再繼續說下去嗎？

夠了，明維搖搖頭，就此止步了。

※

煩悶的時候就走路。

我們走進校園，踏過寧靜湖上的拱橋，遠處傳來陌生的女聲：「校慶煙火即將開始。」這次我們不走路了，改用跑的。沿途撞開擋路的校友，避開下坡路段的擁擠人潮，直奔文學院頂樓。

時間正好，司儀的聲音從遙遠的田徑場傳來——這次我們真的、真的要倒數囉——三、二、一——

煙火的絢爛，幾乎隱去夜空中所有的星星。

明維看得忘我，直到煙火炸完了，才和我說起可芳的瑣事。

他們的戀情開端，始於校園裡的傳說。傳說異於故事，甚至毋須悉心組構劇情，只要虛構就好。故事並不重要，那些伴隨著傳說的詛咒，或祝福——它們衍生的張力，遠大於故事本身。

撮合可芳和明維的，是鳳梨田間，最經典的校園傳說：「只要找到一起看校慶煙火的伴，就能脫單。」

我不信任何傳說，但我願意陪著明維，把時間倒帶。

去年的這個時候，可芳邀明維一起看校慶煙火。起初他沒想太多，心想她也只是寂寞。他很早就到田徑場占位，草地鋪野餐墊。他們從社團成發，聊到彼此的音樂清單，甚至交換枕邊書單……

整整九分半鐘，火花隨著氣勢磅礡的音樂，攀爬至高空綻放，層層地剝落。他們專注地聊天，對眼前的美景心不在焉，注意力全落在彼此身上——乃至於沒有人發覺，高空中熱燙的灰燼，也正緩緩地降落。

煙火將近尾聲。可芳彈去肌膚上的塵埃，傾身，靠在他的肩膀上。一反開朗的姿態，憂愁地告訴他：「學長要北上面試，他找的工作都在北部，我們不知道怎麼辦。」

「也許到頭來，誰都會走——」

明維沒有應聲，只是靜默地任她靠著。

深怕一不小心，就要坦露內心的狂喜。

那些永恆的承諾，諸如緣起不滅、現世安穩、歲月靜好這類……此刻聽來全像極了髒話。對明維來說，那些「永遠」的字眼——與其說是承諾，還不如說是詛咒，永恆的那種。

煙火炸完了。

不同於鬧熱的田徑場，這裡清幽不少，連灰燼也沒有。

我們環顧四周，竟沒有一對情侶。只有零星的人，手上架著攝影機。他們想是將所有的心神，都投注在小小的攝影機螢幕裡了，屏息不發一語。

臨走之前，還剩下幾個人，正緩慢地收拾著腳架，交流攝影技術。隱約聽見他們悶悶地抱怨著：「我不記得這棵樹有這麼高啊！它幾乎擋住半數的煙火，拍不到了……」

※

我們決定離開文學院頂樓，走進校園裡，沾一點人氣。

想不到，行經三樓走廊，轉角撞見熟悉身影。水泥欄杆旁的木頭桌子上，放著兩杯流汗的飲料，有對男女並肩談笑。定睛一看，才發現，那是嫚嫚的側臉！我從來沒看過那樣的表情，她正雀躍地，和陌生男子聊天。不知道他說了什麼？她被逗樂了，大力拍手，笑倒在他的懷裡。

明維示意我轉身，背向他們，按下電梯鍵。

「想不到嫚嫚是這種人，」電梯門關上之後，他大聲抱怨：「她明明說今天有事不在學校！不跟我看煙火，枉費我們這麼要好。」

校園裡的人群逐漸散去。

大吃街上燈火通明，學生們都出來覓食了，四處都是人潮。只有轉角的水果店，生意慘澹，沒幾個人。顧店的是一對老夫妻，專賣自家種植的水果，兼賣現打的果汁。這能稱得上是店面嗎？連鐵皮也沒有，只有破爛的帆布遮蔽。水果隨便放在地上，裝滿水果皮的垃圾桶，周遭飛滿果蠅。

明維點了一杯綜合果汁，老闆收完零錢，便倒回躺椅上抽菸了。老闆娘俐落地轉身，從水果堆裡挑出蘋果和檸檬，快速地去皮去籽。丟進陽春的果汁機裡，剷兩大匙冰塊，挖一匙糖，把它們打成果汁。

從她手上接過飲料之後，我們轉身，朝校園走去。明維咬著吸管、嚼著冰塊，邊走邊踢小石子，差點把自己絆倒。是這樣的時刻，我決定告訴明維一個祕密，又一個祕密……

你請放心聽我說。祕密不總是駭人。

譬如那對老夫妻，鐵皮屋不意味著貧窮，哪怕水果賣不出去，也不可憐。你知道嗎？對他們來說，擺攤是興趣，榨果汁也只是興趣。他們的真實身分，其實是鳳梨田的大地主，擁有整條大吃街。每逢月底，商家必得準時進貢昂貴的房租。一旦有人遲繳，或是誰家生意變好了，他們便毫不留情地漲價。

「難怪果汁這麼難喝，」右轉，走進社科院，明維隨手把飲料扔進垃圾桶：「以後我再也不買了。」

看著他決絕的姿態，我忍不住虛構，另一版本的故事——可是你怎麼知道，祕密背後，沒有藏著另一個祕密？說不定他們家裡，有誰正生著要死不活的病，有誰每天向神明磕頭討明牌，定期定額投入大量現金，把六合彩當零存整付。會不會他們其實，反而比周遭的店家都還要缺錢……

明維沒有應聲。我們繼續走。我們朝著校園深處走去。

走往後山的方向，讓我又再一次想起剛入學時，學長姐們扮鬼的嚇人遊戲。黯夜裡我們手牽手，走過後山，繞過步道旁的廁所。隊輔告誡組員們握緊護身符，壯膽，一夥人敲門走了進去。

廁所裡，陰冷的日光燈閃滅，人影忽隱忽現。洗手台前的鏡子，映出長髮及腰，披頭散髮的女人。冷風吹亂她的髮，遮蔽她的臉，看不清她的五官。她歪著頭，斜眼瞪視所有人，沉默不發一語。

走出廁所後，隊輔要所有人切記，千萬不可以回頭。

我無視了他的勸說，趁著整隊的空檔，回頭一看。廁所燈全亮著，洗手台前方，仍站著那個女人。她挺直了背脊，手持雕花木梳，緩緩梳開滿頭雜亂的長髮……

沒有裂嘴笑。

不是這麼驚悚的故事。她的貓眼連一點血絲也沒有。

她一手順著頭髮，另一手去接嘴裡叼著的粉紅色髮圈。她挽起亮麗的黑髮，綁高高的馬尾。那個瞬間我突然明白，她露出的優雅弧線，才是這場夜間遊戲最恐怖之處——

直到隊伍走遠，我才捨得移開視線。

※

故事說完了。

明維顯然沒聽懂，神情茫然地問我：「所以妳看見的那個女人，妳覺得，她到底是人還是鬼？」我無視他的問句，自糾纏的回憶脫身。夜深了，我們繞了一大圈，又走回後山的入口。校園裡幾乎沒有人了。我們走過寧靜湖，路過公車亭，和客運末班車擦身而過。

你也曾搭過那班通往台北的長途夜車嗎？

說是「長途夜車」，直線走起來，其實並不遠。我不曾數算，從嘉義車到台北，要花費多久的時間。可是我曾在通往台北的客運上，撞見坐在最後一排的嫚嫚。看她沉醉地聽著耳機，低頭沉思，我便放棄了上前相認的念頭。

剛回來嘉義的前幾個月，每逢周末，做完咖啡廳的閉店工作，我總會大步奔往公車亭。不知道是出自哪裡的潔癖。下班之後，我必得進嘉義市區漫遊至深夜，才能洗去一周份的疲憊。

有一次，店裡的客人走得特別慢，我錯過了通往市區的末班公車。呆坐在公車亭的長椅上，仰頭凝望天空，忍不住想起多年前，他曾告訴過我：「難過的時候，不要忘記朝著天空許願，它會實現妳全部的願望。」

聽到這裡，明維忍不住打斷：「都幾歲的人了——」

真的，我也想問，都幾歲的人了。那時他正逢母喪，治喪期間，竟然蹺掉兩場藥懺法會，車回嘉義陪我。不顧他的妻奪命般的來電，他買來兩桶冰淇淋，載我去山上看星星。

好好的做什麼藥懺？他說，那天她走得非常安詳。

那時他們在舊家的客廳看電視，他不小心睡著了。夢裡，他徜徉在花海裡，內心感到無限的祥和。他隱約知道那是夢，卻不願意醒來，想把寧靜無波的感受，緊緊抓牢。

不知道睡了多久，他隱約聽見妻子的聲音，從遠方傳來。此刻，他站在夢和現實的交界，不願意醒來。他閉緊雙眼，把自己牢牢種在那片花海裡，直到她著急地把他搖醒：「媽不知道怎麼了……」

沒理會她的搖晃。

他的媽仍是熟睡的樣子。

早在喚醒他之前，她便撥了電話，叫來救護車。他懨懨地醒來，映入眼簾的，卻是電視裡的記者，正以誇張的語調播送新聞：「這個周末，嘉義的山區，將迎來百年難得一見的流星雨……」

我們便在嘉義的山裡，待了整個晚上。

沒有光害，也沒有烏雲遮掩。明朗潔淨的天空，綴滿大大小小的星星。徹夜星光燦爛，卻不見流星的身影。偶有飄移的光影游過，僅僅是飛機的機翼光束，忽明忽滅的綠燈，或紅光。難以言明我的失望。

他倒非常釋然，催促我：「妳快向飛機許願。」

沒有多餘的解釋。他虔誠地仰望天空，許願給我看。

轉眼間，飛機很快便駛離了。我沒有照做，卻思忖著，他許下的願望是什麼？劃過天際的點點紅光，確實曾在那一瞬間，帶給我流星的錯覺。不知道他許下的願望有沒有實現。

或許是我想要的太多，或者，根本是我想要的太少。就算有真正的流星劃過，並且還應允我所有，我還是不知道要許什麼願望。

※

那天在公車亭，眼看末班的公車駛離了。

絕望之時，我向天空許下簡單的心願：「拜託，去哪裡都好，隨便來一台車吧——」想不到願望成真，竟然這麼容易。眨眼瞬間，有輛通往台北的客運，緩緩朝我駛來。司機打開笨重的車門，示意我十分鐘後發車。

我連想都沒想，抓起手機和錢包，果斷地跳上車。

是在這樣的時刻，我看見了嫚嫚，端坐在車子的最末排。

手機螢幕微薄的光束，映出她細緻素樸的臉。嫚嫚淡然地，滑去數則震動的訊息通知，繼續聽她的音樂。手機螢幕將要暗了，她緊閉雙眼，流下一行清淚……

我低下頭，悄悄地坐到她另一邊，靠窗的位置。

我們沒必要認出彼此。路途遙遠，嘉義到台北也還是有八個停靠站，大林慈濟醫院、大林、斗南……也許她在西螺就下車了。與其耗心神寒暄，不如為她預留補妝的時間。

司機載著我們在道路上急駛。行過鳳梨田，輾過田間小路……走完初階的暖身、爬上高速公路，司機開得更快了，幾乎比白天的班次還要快一倍。看樣子不出兩個小時，便能抵達台北。

眼看這輛車的乘客，只有我和嫚嫚二人，我打從心底湧生無盡的感激。

我一路睜著眼，以我的方式，默默地回報司機。也稱不上是回報，我只是安靜地，陪他數算看似熟悉的地名、實則陌生的地方——大林慈濟醫院到了、大林到了、斗南到了……嘉義往台北的站數並不少，他仍敬業地站站播音，深怕我們不小心搭過站。

我仔細聆聽他的聲音，無私的付出，原來這麼孤獨。

哪怕沒有人回應，他還是不厭其煩地，一站又一站悉心提醒：西螺到了、林口到了、三重到了……每唸一遍，我便又在心底跟著複誦一遍。咒語似的，我想像所有的悲傷都落在這裡，哪裡也不去。

※

抵達台北的時分，我戴上口罩，尾隨嫚嫚走下車。

整天工作、又搭乘長途夜車，我卻絲毫不覺得疲憊。將近凌晨十二點整，灰姑娘的馬車都還沒還原成南瓜，街上的紅綠燈早休眠了。閃爍的黃燈，伴隨我們一起走過許多路口。

處處都是愛情。處處也都是隱喻。

她不知道，我們在台北的街上，肩並肩游蕩。

她不知道，此時我們邁出的步伐相近，舉止也幾乎雷同。

當然，她永遠也不會知道，我是如何每日趕在閉店以前，從上萬顆咖啡豆裡挑選出屈指可數的劣質豆子，才能趕上屬於我們的祕密舞會——甚至連她自己都不知道。

走到巷口的便利商店，在明朗的燈光下，我才看清楚嫚嫚的樣子。

騎樓的白熾燈泡，硬是在嫚嫚側臉照出幾道陰影。

我還是第一次，看到她穿成惡女的風格。黑色蕾絲小可愛、透膚襯衫、皮裙和網襪、脖子繫著心形的頸鍊。不小心正對眼眸的瞬間，我差點叫出她的名字——站在我眼前，如假包換的嫚嫚——像極了被網住的白天鵝，優雅地困在陷阱裡，倔強又無助。

漫天的妄想戛然而止。我不能再延遲故事。

嫚嫚的手機響了。她抓著手機奔出便利商店，門口有個長髮的男人，跨坐在檔車等候。她輕巧地跨上車子，非常熟練，不需要他來攙扶。車燈亮起，他們向黑夜駛去，毫無畏懼。

我深吸一口氣，接續我自己的舞會。

深夜的便利商店沒有香檳。

最終我放棄所有酒類，反身走向冰品櫃，為自己挑選一支霜淇淋。

準備結帳的時候，我瞥見晚班的店員，正蹲在櫃檯下方，偷偷吃著微波的隔夜咖哩。他得先抹淨嘴角、把咖哩飯藏起來，站起身來為我結帳……只為了三十九元的冰淇淋。

舔食冰淇淋的欲望瞬間消逝。

我願意放棄一支霜淇淋，換他安穩地吃一頓飯。

於是我又再一次反身，把霜淇淋放回冰品櫃，悄悄地走出商店。

※

故事說到這裡，明維和我，恰巧折返至街上的便利商店。街上熱鬧的人潮，終於逐漸散去。聽完這麼多的祕密，明維對我釋出最大的善意，便是請我吃一支霜淇淋。他從口袋裡掏出銅板，遞給正在滑手機的夜班店員，從他手上換回三圈半的霜淇淋。

明維看我吃得忘情，暫且不提可芳了。他提議我們沿著鳳梨田邊走，越過那一大片鳳梨田——只要再走一小段路，甚至不用去到山上，便能看見星星。出發之前，他又向超商店員，再要了一支霜淇淋。他舔著霜淇淋，對我說起某年夏天，一百支霜淇淋的故事。

戀愛以前，總都是前世。

那時候明維和可芳還不認識。

小年紀的他，呆坐在高中教室裡，默默地戀著另一位可芳。她又是班上的核心人物——他們鮮少交談，只是剛好搭同一台校車，每天都會見面。路途遙遠，少說有一個小時的車程，搭到終點站的也只有他們了。

明維說，他根本不敢想這麼多。只是安分地戀著她，就滿足了。他們之間毫無進展，總是安靜地比肩坐著，不發一語。直到某一天，她不小心睡著了，奇蹟終於發生。

他們倆在車上晃啊晃的，順著校車行駛的頻率，她竟然倚著他的肩膀，便這麼靠了上去。明維僵直地坐著，任她靠著，深怕驚醒了她。哪怕她細軟的鼻息，蜜蜜地侵蝕著他的脖子——熱烈地搔癢，他也不敢出聲。

她身上的味道，讓他想起幼時的回憶。

那是中學的年紀，他還沒開始抽高，下課時老是往福利社跑。還記得，八塊錢換一瓶麥香紅茶，是他雀躍的成人式——他最喜歡手握著十元的銅板，擠長長的隊伍，去櫃檯結帳。

他的神情想必很得意。

那個胖胖的福利社阿姨，總是笑咪咪地，看他接過離開冰櫃太久，幾乎早已退冰的麥香紅茶。他暴力地撕開吸管的塑膠封膜，垂直，朝鋁箔包插下。吸完一大口飲料，才輕巧地繞著吸管，把塑膠封膜綁成小小的蝴蝶結。

開學後，沒多久，便迎來了校慶。小小的中學福利社，頓時塞滿全校的人，擠得他快要不能呼吸。打開冰櫃，運動飲料和汽水，全被買光了。他迅速捉起最後一瓶麥香紅茶，擠進擁擠的隊伍。

明維握緊手裡的銅板，緩步向前，卻動彈不得。

擠住他的，一前一後，是兩個剛跑完接力賽的女孩。明維是她們的夾心，被擠得喘不過氣。快要沒辦法呼吸的時候，大口吸氣，他才嗅到女孩身上，那股特有的馨香酸味。明維才發現，她們足足比他還要高一個頭，那簡直是天堂了——他的臉深深陷入女孩的胸部裡，整個人，被幸福的氣味所包覆。

是在那個時候，明維開始認真地，吃起了霜淇淋。

誰叫她又是班上的另一位核心人物，他又是祕密地戀著，只能在一旁看他們打鬧。想念她的時候，明維便走去福利社，買一支廉價的霜淇淋。冰封在冷凍庫深處，最不易融化的那種。

「為什麼是買冰淇淋呢？」

「沒辦法，誰叫我那時候，還沒有吻過。」

此時我們沿著鳳梨田邊走，已經走了好一段路。暗夜裡，我看不見明維的側臉，路的盡頭快要沒有燈了。他深吸一口氣，要我們繼續走下去，他才有勇氣繼續把祕密說完。

有一次放學的時分，眼看校車要開走了，她卻沒有跟上。他連忙下了車，跑回教室裡，尋覓她的蹤影。

明維幾乎翻遍了整個校園，甚至連停車場都找過了。將要放棄的時候，他才瞥見她和隔壁班的男孩子，從寬敞的殘障廁所走了出來。高壯的他環著她，她擁著他，整個人埋進他的胸膛。

她總是先他一步，他能如何趕上？

他憤憤地走進圖書館，為追上她，汲取一些靈感。

明維幾乎翻遍了所有的康健雜誌，看完了所有的兩性交往書籍。

有一本粉紅色封面，書名大喇喇寫著「論交往」的指南告訴他——沒有女人能擁吻的時候，就去買一支霜淇淋吧！你大可以模擬各種方式，將手上的霜淇淋舔食殆盡，那即是吻的感覺。還沒有女人的時候，誠心建議你，先把自己準備好。你必得認分地吸吮霜淇淋，模擬接吻的感覺，為將來作準備。

「除了冰淇淋之外，我還試過蘋果、香蕉、櫻桃、芭樂……」

再往前走，路燈全部沒有了。

明維的祕密真心如此，我忍住不要笑場，陪他繼續往前走。

我們緩緩地走過鳳梨田，走過很長、很長一段路，才走到一座高架橋上。

明維耐心地為我解說——這裡是「垃圾橋」，完全封閉的道路，是專門給垃圾車走的。這裡的夜很安靜，適合訴說心事，感情很容易加分。只是要小心，千萬不要走到橋的最末端——垃圾橋的終點，是垃圾掩埋場，所有的穢物都埋在那裡。

※

橋邊沒有異味，只是飛滿了蚊蟲，我們緩慢地前進。

我想像雙層的白色垃圾車，日夜播放少女的祈禱，悉心採集街坊的垃圾。每天每天，熱鬧地歌著，繞行整個嘉義，收納整座鄉鎮的穢物，最後才安靜地回到這裡。

不知道走了多久，明維說，再過去沒有路了。

我們倆呆坐在橋上，數算滿天的星斗，再沒有更多故事。

不知道坐了多久，沒有班機飛過，原先拿在手上的霜淇淋也早吃完了。

我拉拉明維的衣角，示意他起身。我們捉住塑膠製的護欄，將目光轉移到高架橋下——底下那條長而蜿蜒的路，暖橘色的燈火沿途閃爍，無止盡地向前展延，看不見盡頭。

「我不要再吃霜淇淋了——」

「蘋果也不要——」

「香蕉也不要——」

「芭樂也不要——」

在伸手不見五指的夜空裡，沒有飛機，也看不見流星。雖然，實在稱不上是有創意，這回輪到明維許願了。

明維對著遠處的燈火許願，對著偶然經過的車輛許願，對著幽暗的天空許願。偶有閃爍的車輛通過，明維便喊得更大聲了。此時這座橋是我們的王國，歸我們所有，盡情大喊也沒人聽見，無需顧慮誰的睡眠。

看明維喊得起勁，我放聲笑出來；我很久沒有這樣笑了。聲嘶力竭之際，我們瞥見地面上，緩慢地駛著一方小小的車輛。車燈忽明忽滅，看上去有一點危險。它像極了正邁向生命終點的螢火蟲，乏力地閃爍，車身胡亂地左右飄移。

夜裡飛快的砂石車呼嘯而過。

我們站在這裡，什麼也做不了，也只能默默地看著。明維說，他再也不許願了——情願把畢生的心願，都捐給那位旅人。我們緊盯零落的光影，追索它的蹤跡。不知道在這裡看了多久，後來，它終於穩住車身，緩緩地駛向路肩。

走走停停。停停走走。

那方車子的燈光依舊忽明忽滅。

我們只好又坐了下來，安靜地，陪它一段。

5

氣候宜人的午後，閒來無事的咖啡廳老闆，又問起妳的故事。

妳就著白冷的燈光，反覆搖晃螢光色的公文林。從上萬顆咖啡豆裡，挑出瑕疵豆、碎裂豆、蟲蛀豆，和不小心混入的小石子。萬裡挑一的石頭，妳握在手心摩挲，沒有把它扔進垃圾桶。

沒有歷史的人沒有未來。

老闆還在等候。

妳選擇瀟灑的口吻，帥氣地開場：「我的故事，其實很簡單。」

話說出口，就後悔了。倘若故事很單純，妳何苦變換敘事人稱？妳擠在時間的夾縫裡，亟欲創造，第三種時間樣態。沒有歷史，也沒有未來——妳拾起記憶的斷片，任由時間交匯，搭建此時此刻。

妳把小石子放入圍裙的口袋。

第一人稱，簡潔地，把故事說完：「我當過別人的小三。」

這個話題，很難回應，他沒有繼續追問。客人進門了，沉浸在airpods的樂音裡，搖頭晃腦的。她對妳微笑，持續打著節拍，手掌朝上，作出抬高的手勢。翻桌，pìng-toh，冰的。翻桌的手勢，曾是他們的暗語，現在妳也會翻譯了：「客人要一杯冰手沖。」

妳暫緩手上的工作，側身打開冰箱，為他剷冰塊。他把咖啡豆倒進磨豆機裡。在吵雜的研磨聲中，妳想起他的教誨：「挑咖啡豆的時候，把石頭挑掉是最重要的，才不會毀了磨豆機。」

午後的陽光灑進店裡。妳瞥見他的帽子底下，有一撮白頭髮，被照得閃亮。他注入熱水，浸潤咖啡粉。細小的孔洞，正無聲地冒出氣體。妳隱約聽見，他溫柔的回應。音量很小，很難為情地，近乎喃喃自語：「妳還年輕，都過去了。」

咖啡廳打烊後，他邀妳去嘉義市喝一杯，妳婉拒了。

「沒關係，」他遞給妳一杯熱可可，要妳早點回家休息：「想聊的話，隨時歡迎。」走出店門口的時候，他甚至拿下帽子，和妳致意。紙杯套不能阻隔全然的熱。妳試著放寬心，收下他的好意。

※

穿上外套，走回租屋處。

也許是剛下過雨吧？鳳梨田邊的路燈，光芒有些微弱，忽明忽暗的。走在柏油路上，妳又想起學生時期的回憶。只是這一次，妳倒著走，走回你們還不相識的時候。

田邊的那塊草地旁，曾開過一間關東煮。

老闆同樣是五短身材，剃光頭，頭上綁著白色的日式頭巾。

每天傍晚，他開來改裝的發財車，在路邊擺桌椅，做生意。十字的關東煮鍋裡，滾著菜頭，竹輪和高麗菜捲。鍋子旁架起烤網，燒著木炭，烤雞肉串，煙燻松阪豬。妳不怕蚊蟲咬，總是坐在路邊，點一份燒肉飯，戳著溫泉蛋，看人群流動。

後來，老闆在草地上搭起藍色帆布，塑膠圓椅換成木頭長板凳。發財車上，增設了小音響，播放日本演歌。板凳座無虛席。路燈點亮每一張臉，都流露幸福的神色。

他載著妳，開車經過，無視妳的感動。

移居到嘉義市當天，他帶妳去吃昂貴的無菜單料理。但那也是台式日料，沒有複雜的烹調技巧。老闆端來的烤香魚，異常肥滿，腹裡塞滿了魚蛋。妳輕巧地按壓魚背，把肉刺分離。整條魚，被Q彈的魚蛋塞滿，魚肉只有薄薄一層。

妳笑看他和老闆談話，心裡卻想著，鳳梨田邊的發財車。妳多麼想坐在路邊，聽美空雲雀歌唱，啃食焦香的秋刀魚。不需要繁複的烹調技巧，成本價二十元的秋刀魚也好。食材毋須多高級，妳只要一顆真心。

那年夏天，梅姬颱風襲台。他帶妳去全聯，買泡麵、青菜和蛋，便搭車回台北了。那天，北台灣停班停課，他在雲端發文：「颱風天，太太煮鹹粥，配醬瓜和DVD。」這次妳不潛水了，在雲端跟風，伸手按「哈」。

沒什麼風雨，南臺灣要等到下午，才開始停班課。

下課後，妳久違地，在學校附近的餐廳吃飯。妳坐在簡餐店裡，遙望對街的便利商店，塞滿了人。吐司，果汁和泡麵，早已搶購一空。天邊飄來幾片雲，妳趕在暴風雨降臨之前，回到市區。

最危險的地方，是最安全的地方。

妳把門窗關緊，電視機開到最大聲，到浴室洗了熱水澡。妳想起多年前的夏日，颱風來襲，全台灣停班停課。時間倒退，走回妳尚未崩壞的童年——爸媽還沒開始吵架，沒有誰把氣出在妳身上。你們的餐桌上，也是鹹粥配醬瓜。

走出浴室，妳手抓幾把青江菜，打顆蛋，為自己煮了泡麵。

走到客廳，氣象主播用誇張的語調，播報颱風的新聞。整座島嶼，同舟一命，中南部嚴防豪大雨……但妳什麼都不怕。風雨都被妳鎖在門外了。

梅姬走後，妳在傍晚的時分，回到學校。妳想坐在路邊，要一份燒肉飯和關東煮，看那個人嘴裡哼著演歌，誠心為妳煮食。

然而，路燈不亮，不見發財車的身影。長板凳被撕成碎片，藍色帆布被颱風吹爛了，死在地上。遍地的垃圾沒人清理。私訊粉專，沒有回應，不再更新貼文。老闆從此不再回來。

幸福滿載的發財車消失無蹤。彷彿它不曾存在。

※

妳沿著路燈前行，尋找那片空地。

那片地還在，雜草叢生，路邊停著一台發財車。妳駐足許久，哪怕這台車，看來不像是做生意的。車頂的帆布破了幾個洞，車斗上堆滿雜物，車裡坐著一個老伯。

時隔多年，妳早已記不清，關東煮老闆的面容。

車門緩緩打開了。老伯的手枕著方向盤，側身看向妳。

老伯光著腳，上半身卻穿著長版西裝外套，搭配淺藍色的運動短褲。他從外套的口袋裡，掏出一面八卦鏡，直直地照向妳。

看妳沒有反應，他把鏡子轉回來，看向鏡中的自己，挖幾下鼻孔，鼻毛都露出來了。妳還在思量，要和他打招呼嗎？他突然露出無邪的憨笑：「妹妹，要相幹嗎？」

「來啊！」

妳大聲答應，闔上發財車的後照鏡，轉身快跑。

那面八卦鏡，讓妳想起剛交往的時候，他帶妳去新港奉天宮拜拜，吃生炒鴨肉羹。平日午後，人潮擁擠依舊。廟前的廣場，駛來好幾台遊覽車，來自各地的進香團，魚貫入場。廣闊的香客大樓，想必住滿了人吧？

他左手牽著妳，右手點燃一束香火，走進廟裡。

廟裡有一座香爐，他閉上雙眼，嘴裡喃喃地唸著禱詞。妳不曾仔細聆聽，他在祈求些什麼？妳是多出來的那個人。倘若真的有神，妳理應被香爐超渡，化為千風。

正當妳這樣想的時候，有七個穿仙女裝的女人，踩著飄逸的腳步走來，圍著香爐轉圈。她們轉了一圈，又一圈，哼著不知名的旋律，碎唸天語。

他還在祈禱、她們還在繞圈，直到香爐終於發爐，燃起熊熊大火。仙女們突然雙膝跪地，扶著牆角、大力嘔吐，彷彿要把臟器都嘔出。

妳握緊他的手，隨他拜完整座廟宇，走完四層樓。四處都是來「辦事」的人，有男有女，年齡不一。各個縮在角落，揮舞四肢，對虛空說話。神靈的舞台上，各人把各人的坎，搬演成獨角戲。

參拜媽祖的時候，有個步履蹣跚的阿婆走向妳。

她的髮已花白，臉上爬滿老人斑。瘦小的身軀，年老而倒縮，又更矮了。

起初她還站在牆角，看參拜的人群，兀自發呆著。他唸禱詞的時候，妳把空間還給其他信眾，退到他身後。妳不知道，她為什麼盯上妳？她走到妳面前，仔細端詳妳的臉龐。然後，從懷裡掏出一面八卦鏡，照向妳。

「不四鬼！歹物仔！」

她左手扶著八卦鏡，右手重拍妳的肩膀，反覆對妳大吼著。

他還在拜拜，沉浸在自己的世界裡。

妳放任她打，任由妳們的敘事交錯，至少語言相通。

妳想起小時候，父母吵架，妳跪在地上，收拾滿地砸破的碗。碎片還沒撿完呢，父親很快拉下臉，開始討好母親。她氣消了，又恢復談笑風生的樣子，和樂融融。妳用報紙把碎片包起，顫抖著，擠出微笑問她：「媽媽，這要丟哪裡？」

她轉過身來，突然變臉，冷聲回應：「拿出去啊！撿角。」

還在認字的階段，妳是真心不懂，誠心發問：「媽媽，撿角，是什麼意思？」

她不耐煩了，提高聲量：「妳再問！妳再頂嘴！一世人撿角！」

前一個問句，還沒解開，又多了新的疑問：「頂嘴」是什麼意思？

妳再沒有勇氣發問，偷偷把問句藏在心底。從語氣推測，知道自己被罵了，卻沒什麼情緒。只隱約覺得胸悶，呼吸不到空氣。鬱悶的感受，久久不散，直到妳搞懂詞彙的涵義。

時間遠比妳想像的還要紳士。壓在胸上的巨石，在理解的那瞬間，碎成一顆眼淚。僅僅一顆眼淚，不能再多了。幼小的悲傷，早已被時光熨平。淚水不過是排泄。

妳鼓起勇氣，直視仍在謾罵的阿婆，擁抱她。

阿婆嚇得彈開，又走回來，罵聲漸弱：「不四鬼、歹物仔……」

甘願做，歡喜受。其實她說的沒錯，沒什麼好否認的。就像是母親，老是叫妳「撿角」，妳也沒否認過。妳再一次，展開雙臂，擁抱阿婆。她又彈開，又走回來，妳又抱了一次。

她沒躲開，就這樣被妳抱著。

他還在拜拜，浸潤在神靈的福澤裡，沒發現妳們的騷動。妳偷看她的臉，只見她的眼角，也掛著一滴眼淚。妳持續擁著她，直到眼角的淚珠，終於被風乾。

她向妳頷首，把八卦鏡扔進垃圾桶，離開奉天宮。

※

此時，妳早已奔回租屋處，安坐在自己的小房間裡。

妳非常慶幸，提出性邀約的老伯，沒有追來。學生時期，妳曾在校園的交流版，看過一則貼文。據說鳳梨田邊，有一台賓士車，只要看見落單的女子，便會隨機擄人。

那陣子人心惶惶，哪怕下課時天還亮著，同學們還是結伴回租屋處。有伴的人，往往很快就把書包收好，驕傲地離開教室。其實沒伴也無妨。只要有車，等同於擁有光速的腿，何必結伴。

沒伴也沒車的人，堪稱次等公民。妳無所謂，照樣收拾書本，走向公車亭。偶有好心的女孩路過，問妳租屋處在哪裡，要不要一起走？妳總不好跟她們說，妳和老師住在一起，要往嘉義市去。

妳苦笑婉拒了。

幾天後，班上同學的眼神，多了幾分敬畏。網路正流行匿名留言，妳在「告白鳳梨田大學」的貼文裡，撞見自己的名字。短短幾句話，錯字連篇的：「誰趕約高冷的王郁欣?亡者衝阿！」

發文的人，大概沒想到，這篇貼文讓妳笑到岔氣。

煞氣a亡者，曾是妳高中時的RC暱稱，沒檢查錯字就送出了。所有人在社群裡，熱絡地聊天、唱歌，校園裡裝不認識。妳確實高冷，堅持無聲地打字。直到某個人，終於用文字觸碰妳的心，換得三十秒語音。

妳鼓起勇氣，打開麥克風，和他打招呼。他打字，又收回，沉吟許久。最終，只送出一句話，就再也沒上線過：「看妳的照片，還以為聲音很低沉，沒想到這麼嗲。」

妳和他分享這些小事。聽完，他大聲嘆了口氣，感想就這麼一句：「這些人怎麼這麼無聊啊？」

這些小事，是截至目前為止，妳人生中的座標。

但妳不否認他的無聊。他的人生座標，和妳的不同，都是些大事紀：大學畢業、研究所畢業、博士班畢業、找到教職、結婚、升副教授……妳是多出來的那條虛線，隨時都可以擦去。

事到如今，妳懶得抗衡，也倦於抗議了。

妳是無私的助人者，暗地裡協助他人，校準人生的實線。妳以記憶的零餘物維生。因此妳並不介意，以隱形的姿態，穿越誰的人生。只是不免，有那麼一點遺憾，可惜她對妳沒有認識。

隔天，他良心發現，要接妳下課吧？妳在課堂上，收到他的簡訊：「待會圖書館停車場見。」於是妳走出文學院，穿過停車場，走向圖書館後方的那條小徑。

圖書館座落在隆起的小丘上。往下看，是大片的草地，讓人心曠神怡。

連接圖書館和文學院的小徑，種滿了黃花風鈴木，每年三、四月都盛開。妳坐在小徑旁的木椅上，觀賞樹上殘存的黃花。花期的尾聲，遍地都是花瓣，把草地染成黃色的地毯。

妳想起某堂通識課，講師在台上，教授「植物與生活」。談起黃花風鈴木，他滿眼哀傷和不屑。還記得，他是這樣說的：「黃花風鈴木，之所以盛開，是因為缺水。開花是求生意志，它快要渴死了。」

如此壯烈的植物，妳不能共感它的哀愁。

小徑的盡頭，有兩叢矮小的木麻黃，它們曾是妳兒時的玩伴。木麻黃的葉子，是長條狀的，像極了綠色的竹節蟲。小時候，哥哥帶妳去公園玩，他拔起一節樹葉，為妳示範，木麻黃的葉子可以接回去。

妳模仿哥哥的動作，找尋節和節的連接處。不難找，連接處是黃色的。妳把它拔下、又接起、又拔下……怎麼有這樣堅韌的植物？妳玩得不亦樂乎。轉眼間，夕陽西下，哥哥早已不見人影。

公園裡，嬉鬧的小孩和主婦，逐漸散去。妳知道回家的路，卻不敢亂跑，怕哥哥找不到妳。路燈亮起，公園的斜對角，也有一株木麻黃。樹下似乎站著一個女孩，朝妳揮手。

定睛一看，她和妳同樣矮小。白色長洋裝拖地，長髮也拖地。瀏海遮住她的半張臉，眼鼻看不見，嘴巴倒是張得很開。長長的口水，從嘴巴裡流出，加入拖地的行列。

妳嚇得不敢動，把自己藏在木麻黃裡。蹲在樹下，無聲地哭，直到母親找到妳。她沒有罵妳，只是輕輕地，嘆了口氣。牽著她的手，走出公園。妳鼓起勇氣，往那棵木麻黃樹一瞥，再沒看見女孩的身影。

遠處傳來他的聲音，把妳從記憶裡喚回。

原以為他又要失約了。沒想到，他很快處理完手邊的雜事，沒讓妳等太久。妳踏過遍地的花瓣，繞過木麻黃樹，走到停車場。小徑上，有一片葉子，正隱隱發光。妳停下腳步，拾起它。經過雨水的沖刷、眾人的踩踏，它變得輕薄且透明，僅存清晰可見的葉脈輪廓。

上車後，他載著妳，在校園裡繞了一圈，就算是賞花了。妳突然很想說話，絮絮叨叨的，和他聊起木麻黃。但妳不願把故事說得太驚悚，便剔除了小女孩的段落。

他安靜地聽著，轉動方向盤，和妳分享他的記憶。

「我也有類似的經驗，」他以平穩的語調，娓娓道來：「小時候，爸媽去大賣場購物，把熟睡的我鎖在車上。睡醒後，我以為自己要被丟掉了。雖然只有短短十分鐘，那種被遺棄的感覺，一直延續到現在。」

妳感到語言的斷裂。

不能理解，他所謂「那種被遺棄的感覺」，究竟是什麼感覺？

很久以前，妳旁聽過他開設的一門課，課程名稱很吸引人——創傷與文學。他站在講桌上，大言不慚地，介紹課程大綱：「我們這一輩的人，沒有經歷過真正的戰爭。困住我們的，全都只是一些，不足為人道也的小事。」

那時你們還不認識。聽完這句話，妳大力推開門，走出教室。妳羨慕她的傲氣，門「砰」一聲地彈開，是她打從心底的回嗆：「戰爭才是最微不足道的小事。無知的人，沒有談論文學的資格。」

訴說的渴望戛然而止。就連聆聽的欲望也喪失了。

他兀自耽溺在感傷的氛圍裡，甚至搬出精神分析理論，剖析「被遺棄」的影響。他滔滔不絕地說起，捨不得放棄的無味婚姻，搞砸的感情和人際關係……妳很想告訴他，不要再說了，不要把妳置於如此荒謬的情境。

偶爾妳走在人行道上，旁觀塞在柏油路的小方格，臆測陌生人的談話。年近半百的中年男子，腳踩著剎車、手握著方向盤，在停紅燈的時候，和妙齡女子竊竊私語……

妳寧願他閒聊五十肩，早已告別晨勃，卻渾身燥熱的更年期。妳不要煽情的語言，不要這段感情，被凝縮成平庸的故事。因此妳不搭話，任由沉默，裂解你們的世界。

車子緩緩地駛出校園。他沒有住嘴的意思。

扭開水壺，喝了三口水，妳實在沒有親吻的欲望。

於是妳打開副駕駛座的置物箱，拿出一包乖乖，往他的嘴裡塞。仰頭喝水，是一種掩飾，避免淚水滴落。隨身攜帶餅乾零食，則是為了控制說話的節奏。黏膩的奶油椰子，很快地在嘴裡化開，他甜得說不出話來。

噓，不要說話，不要驚醒妳的愛情。

倘若他不出聲，妳便足以欣賞，他憂鬱卻溫和的側臉。智慧的眼眸，稀疏的白髮，眼角的魚尾紋……妳一一細數，時間在他身上淌過的痕跡。只要撇去語言，時間的臉，妳是如此迷戀。

※

時間公允地流過每一個人。

不知不覺，妳的假期，將近尾聲。妳向咖啡廳遞出辭呈，收拾行李，和房東婆婆告別。妳不擅長和誰說再見。滿懷愧疚地，上網查找最簡便的理由，盡告知義務：「我另有生涯規劃。」

沒有人挽留。道別遠比妳想像的還要容易。他們大方地獻上祝福。房東婆婆，甚至扯開嗓門，鼓勵妳：「加油啊！歡迎妳隨時回來。」妳點頭說好，日後有空，一定回來看婆婆。

話說出口，沒能和他告別的遺憾，似乎便圓滿了。

大學畢業後，妳到外地找工作，不再和他聯絡。或許你們之間存在某種默契吧？誰也沒把話說死，只是悄悄地，淡出彼此的人生。搬離他屋子的時候，妳把不要的衣物，裝進垃圾袋裡、放在最顯眼的地方，交由他來扔。

這是妳的成人式。

垃圾袋裡，裝滿了你們的信物。妳一口氣丟掉兩本小說、三本詩集、五本理論書。棄置他人的語言，原來如此簡單，妳不免有一點傷感。唯一捨不得丟掉的，是他送給妳的生日禮物。那條白色手帕，有纖美的黑色網紋，妳愛不釋手。

他從來不寫卡片給妳，不留感情的證據。三天兩夜的小旅行，他帶妳走遍台中市，浸潤他的大學青春。走過台中公園，行經三民路，妳看著婚紗街發呆。他牽起妳的手，跟隨妳的腳步，逐一瀏覽發光的櫥窗。

櫥窗裡的模特兒沒有臉，但她的姿勢，卻讓妳感到異常肅穆。晶亮的燈飾旁，雪白的獨角獸兀自站立著，彷彿置身於雲端。妳不喜歡這格櫥窗。潔亮的擺飾，讓妳想到百貨公司裡的馬桶，缺乏個性。

走過整條婚紗街，他問妳，最喜歡哪套禮服？硬要選的話，妳喜歡卡肩的魚尾婚紗。白色的魚尾，鑲有層層黑邊，像極了魚的鱗片。妳無心說出的話，他銘記在心底。

生日那天，精緻的紙盒裡，躺著他客製化的手帕。還有一張手寫的信紙，沒有署名，內容是被節錄的詩句：「明天我會把幾個小祕密／向你透露，他說的／他說我們家鄉最美麗／最有美麗的新娘就是你」

他大概期望妳感動落淚。妳哽咽道謝，轉身把卡片包入手帕，丟進洗衣機。妳不作誰的地獄新娘。妳並非典型的第三者，不相信生命中，存在一種獨特。

夢裡，披上那件婚紗，妳游向深邃的海洋。敞開優雅的嗓音歌唱，被魚群和珊瑚礁環繞，滑嫩的雙腿長成魚尾。某個風光明媚的早晨，終於輪到妳重寫故事。他的船被擊成碎片，漂浮在海上。妳隔著海水觀測他的臉。他的五官，被折射成歪曲的形貌。

妳牽起他的手，隨海洋漂流，反覆輕吻他緊閉的雙眼。妳越是親熱，他的面目越模糊，逐漸失去輪廓。不如放手，任他沉入無光的海底，碎成養分。扯下他胸前的項鍊，銅製的馬蹄鐵，勉為其難地紀念。

手帕如同他的臉，終究要被洗成碎片。妳回頭翻出那本詩集，找到那首詩，把手帕對折、夾入書頁。物歸原主，妳不喜歡被裁切過的詩句，不要活在二手的語言裡。

或許，也沒那麼理直氣壯，不過是想留下一點紀念。

妳曾在他的書裡，翻到乾燥的玫瑰花瓣，幾乎每本書都有。他說，那是妻子的壞習慣，抓到書就往裡面塞花瓣。不知道那些書本，上次被翻閱，是什麼時候？妳拾起乾燥的花瓣，想像它的香氣，復原它的紋路。
然而，妳缺乏想像力，無能拼湊出玫瑰完好的樣子。到頭來，浮現的景象，是在清晨，她走進庭院裡，剪下一枝玫瑰花。她如此優雅，應該不至於，被枝幹的刺割傷。於是她拾起花剪，輕含住花頸、來回摩擦，便拔除了刺。
站在妳的想像裡，她恬靜地微笑，一片片剝除玫瑰的花瓣。纖纖玉手，沾染醉人的香氣，愛撫書頁。妳以鼻尖，碰觸脆薄的紙張，試圖在書裡，打撈殘餘的香氣。嘗試終究是徒勞。時間的重量，淡化花的顏色，連帶把香味壓平了。
書裡瀰漫著一股霉味，那是舊房子的味道，讓妳想起外婆的祖厝。小時候，每到返鄉的時節，妳翻動老屋裡的蠶絲被。陽光照耀之下，隱身在空氣中的灰塵，霎時肉眼可見。攤開手心，卻什麼也捉不住。
山林裡的祖厝，久無人住。太陽再毒辣，霉味也不能消除。最後一次，跟母親返回老屋，不知道是誰，把軍綠色的鐵門撬開了。地板上全是從衣櫃裡翻出的衣物。棉被和枕頭，被踩得髒兮兮的，沒有一件倖存。

妳有點為小偷感到可憐。大老遠來到荒郊野外，好不容易跨越圍牆、翻動整座屋子，卻只能空手離開。

地上的衣物，大多是外公的白色棉T，舅舅的棉褲。他們早就把重要的東西都帶走了。棄置在屋裡的物品，全是泛黃的，短暫生活的備用品。那是無力的宣誓，充滿不確定的辭彙：「有一天，也許我會回來，也說不定。」

可是妳不會再回來了。

妳把夾藏手帕的詩集，放在梳妝台上。

他們的屋子，靜美如常，她不會發現有誰來過。

※

手提行李箱，妳站在租屋處門口，等待計程車。

故事將近尾聲，沒多久，車子駛來了。司機搖下窗戶，問妳，要不要開後車廂？

妳早就盤算好，遞出親切、開朗的笑容：「不用麻煩，謝謝你。」倘若記憶終要消散，在那之前，妳情願把它擱在腳邊。

往民雄車站的路上，行經鳳梨田，司機放慢速度，等待前方的農用曳引機通過。他苦笑，問妳趕不趕時間？「慢慢來沒關係，」實情是，妳還不確定要去哪裡：「火車班次很多，不用急。」

平日午後，路上少有車輛，司機放慢到時速二十，載著妳緩緩前行。妳看向車窗外，幾隻流浪狗，癱軟在柏油路上，悠哉地曬太陽。

司機說，載客的時候，難免會遇到這種時刻。急不得，也沒有超車的必要。他認得這台車的顏色，只要再駛過兩個路口，它便會轉向產業道路，就此分道揚鑣。

他的觀察，妳打從心底敬佩。光是敬佩，還不夠，他又說了一段話：「它也算是老朋友了。每次遇到它，我就會想，遇到它的機率那麼低，今天應該會很幸運吧？」

妳何其有幸，分食他的幸運。在離開鳳梨田的路上，以慢速告別，過往的記憶。紅燈亮起，哪怕沒有人車，曳引車仍停了下來。

鳳梨田的紅綠燈，似乎特別漫長。妳想起多年前，蹺掉的某堂哲學課，原因無他，老師的開場白令人絕望：「假如一棵樹在森林裡倒下，沒有任何人和生物在場，那它算是有發出聲音嗎?」

妳沒有思考太久。車窗外，突有白煙竄起。有一輛老舊的綠牌車，沿途排放廢氣，比曳引車更慢的速度，追上了你們。狹仄的坐墊上，吃力地，載著一對男女。

他們的髮都已花白。男人縮緊小腹，只坐了前三分之一的位置，試著讓女人更舒適一點。女人向前傾身，抱緊男人，神情相當甜蜜。馬卡龍色的西瓜皮帽，壓著妹妹頭瀏海，不怕被風吹散。

最讓妳驚詫的，卻是她肩膀上，站著一隻鸚鵡。女人穿米白色娃娃裝，妝點自己之餘，也精心為牠打扮。鸚鵡身上，穿著日系背心洋裝，頭上還戴著繫有蝴蝶結的貝雷帽。

綠燈亮起，如司機所說，下一個路口，曳引車轉往產業道路。

他穩健地加速，回歸正常的速度。綠牌車的距離，越來越遠，逐漸消失在後視鏡裡。要不是空氣裡，殘餘的臭氣，久久不散——那對男女，還真像是夢境的碎片，夏日的幻覺。

快到車站了，不知道為什麼，妳摸出藏在背包夾層裡的訃聞。滑開手機，在

google導航裡，鍵入她手寫的地址。兩百二十三公里，足夠妳耗去半天的時間，思索接下來要往哪裡去。

司機為妳打開車門，搬下行李，誠摯地說：「旅途平安！」大概是瞥見妳手裡的訃聞吧？不該在車裡拿出來的。妳猜想，本來他應是想祝福妳，旅途愉快。而這無礙於妳，大方的回應：「謝謝，希望你有美好的一天。」

妳提著行李，在車站的階梯上，駐足了一會。

將近正午，對面的每一間鵝肉攤，都冒著熱氣。炎熱的天氣，把他們的臉，扭曲變形。妳看不清，切肉的是女人，還是男人？這似乎也不重要了。模糊的臉孔，反而讓記憶，變得更清晰。

攤販的圍裙，莫名地，讓妳想起一張陌生的臉。那是農曆年的假期前夕，戰場般的菜市場裡，有一間亮著黃色招牌的雞肉攤。每個人，都穿著紫紅色工作圍裙，忙進忙出的。

妳甚至還記得，招牌的名稱，是「淑玲雞肉攤」。這都要歸功於那個女人。她身上沒有圍裙，反而穿著黑色碎花洋裝，紅色高跟涼鞋。手腕上，左右手，各戴著一副玉鐲。在「淑玲」二字正下方，她拉來一張矮板凳，面無表情地，把兩隻手浸入偌大的塑膠盆裡，清洗雞內臟。

她不介意玉鐲泡在髒水裡，滿不在乎的表情，讓妳傾心。

※

細讀訃聞，手寫的地址，是妳未曾看過的地名。

鍵入google地圖，甚至沒有直達的車站。縮放螢幕，她的住處不遠處，有高爾夫球場、桃園國際機場……切換成街景模式，四周有山環繞，零星的平房，佇立於產業道路。

他們的房子，蓋在半山腰上。紅色的磚牆，把屋子和庭院圍起。

妳滑動指尖，那塊地上，有一組老舊的三合院、一棟自建的透天厝，庭院裡種滿花花草草，末端有稀疏的竹林。又拉回門口，藍色的門牌，經過時間洗禮，早已掉漆。

紅磚牆上，白色油漆畫成的偌大字體，妳無法忽視：「麗夫人服飾店，

09××××××××。」簡單直白的幾個字，不存在複雜意義，卻足以勾引無邊的想像。那是怎樣的一間服飾店，店主人是她嗎，還是她或他的誰？假日的時候，她偶爾去幫忙顧櫃台嗎？

妳另開google頁面，搜尋「麗夫人服飾店」——它不在地圖上，甚至，現已顯示暫停營業。唯一的線索，只有那通電話。

踩在往車站的階梯上，隔著壓克力板，模糊的人影，彷彿在和妳招手。車流聲，月台的廣播，火車的噪音，把細碎的人聲都稀釋成無形。妳在這裡，也不在這裡，和所有人融成一體。

半小時後，有一班往北的區間車，通往桃園。而售票員不在位子上。妳拿出悠遊卡，逼聲通過，如此輕盈。妳不再渴望對上誰的眼睛，倚靠誰來確認，旅行的意義。

月台上沒幾個人。

紅燈亮起，妳輕易地跨越黃線，走進藍色的盒子裡。

跟隨火車前進。

輯二

細語

1

我也不知道他是怎麼死掉的。

那天，從超市買菜回來，他如往常躺在沙發上。我轉身進廚房，把肉和菜分裝，放入冰箱。削馬鈴薯、牛絞肉熬成肉醬，把牧羊人派的半成品，送進烤箱。

我甚至記不得，那天晚上，還煮了什麼。

菜都上桌後，我叫他吃飯，沒有回應。他想在客廳看電視吧？我把椅子拉開，自己先開動了，吃掉半份牧羊人派。他的沒有回應，我早就習慣了，便沒有再叫他。

吃完飯，把殘餘的食物，裹上保鮮膜。倒杯啤酒，坐在他身旁，電影台正播著《麥迪遜之橋》，我們年輕時的電影。芬西絲卡的兒女促膝長談，女兒捧著母親的日記，讀到激情之處，不禁感嘆：「我守著破碎的婚姻二十幾年，因為我是被這樣教養的，正常人從不離婚，妳要堅持……現在我發現，除了糕點義賣外，我媽還是女性主義者！」

分神了，她的話落了一大段，糕點義賣和女性主義是什麼關係？

誰叫他的呼吸聲，突然變得大聲、急促，我看了他一眼，才繼續看電視。二、三十年過去了，濃烈的情愛，顯得無趣沒有新意。當然也不全然是劇本的問題。考究感情史，我不曾熱烈地，愛過哪個人。就連遺憾，也是淡淡的，風吹就散了。

我還真搞不懂電影台的播映邏輯。接在《麥迪遜之橋》之後，是青春YA片，播過好幾百次的《灰姑娘的玻璃手機》。女主角在繼母的餐廳，踩直排輪做外場，讓我想起多年前的鬥牛士牛排，服務人員單手托著熱燙的鐵板，用跑的送餐。

不能把電視聲音轉小。

就算他在睡覺，一有風吹草動，仍會醒來。

任他在客廳睡吧。我走進房間，輕輕地把門關上。在躺平之前，吞下助眠膠囊，趁意識模糊的最後一秒，上完洗手間。睡眠是獨自一人的太空旅行。我無比珍惜，黑暗之中，「我」作為獨立的個體。

沒有別人。

不容他半夜爬床，把我吵醒。

※

一夜好眠。醒來將近正午。

他還躺在沙發上，手機有幾十通未接來電，各種 e-mail 待回。我叫他起床、拍打他的臉，他仍一動也不動的，我才知道出事了。我從沒遇過這種事，誰知道，大家都是怎麼處理的？

看著他的臉，那瞬間，我竟想起某晨間節目，名嘴的車禍教戰守則。

他說，若不幸在路上撞到人，別管對方死活，一律撥打一一〇。主持人瞪大眼睛，虛心求教，為什麼？名嘴得意洋洋答，打一一九是為了救人，乍看立意良善。打一一〇是報案，比一一九多了一點自首的意味，「對恐龍法官而言，自首遠比救人，立意更為良善。」

多數時候，確實我不想管他的死活，也還是把他養得好好的。但也不能裝清純無辜。共同生活了好幾十年，我不時萌生殺意。願望突然實現，不免自我審查，如果他不是和我步入婚姻，生命會不會長一點？

其實一一〇或一一九，根本沒有分別。人都死了，我拿起手機撥一一九，救護車直送醫院，開立死亡證明。

再來就送殯儀館了。我竟有種鬆口氣的感覺。

誠實的說，我有一點期待，沒有他的生活。終於不必再擔心，剛炒好上桌的，雪白的蒜頭魩仔魚，被他用沒洗過的手抓入口——諸如此類，惱人的小事，此後不再有。

這些日子，我不斷訓練自己，別去看也別去聽，甚至不要感受。倦於爭吵，凡事避免衝突，就不會痛苦了。手抓魩仔魚又怎樣，吃飯時大聲咀嚼又怎樣，碗盤丟著不洗又怎樣……細碎的小事，全部拾起來做，犧牲奉獻都是我自願的。

漠不關心也是一種愛。

我對自己漠不關心。

當他的呼吸聲，變得大聲而急促，我只看了他一眼，就繼續看電視。我沒有問他，還好嗎，你怎麼了？我沒有靠近他，查看異常的狀況。當關心總是換來責難，如他常指著我的鼻子罵：「唉唷，妳又大驚小怪了。」我當然選擇不關心。

沒有估算確切的死亡時間。也沒有知道的必要。相驗的結果，是毫無疑問的自然死亡，不存在他殺的疑慮。從櫃檯人員的手上，接過熱燙的死亡證明。我的腦海裡，竟然不時閃現，前陣子爆紅的迷因——

死亡是愛的贈禮。

它也許會遲到，但永遠不會缺席。

※

年過半百，死亡不是少見的事。爸媽那一輩的，幾乎走光了。身邊的友人，好幾個診斷出絕症，沒多久就走了。當然還有車禍走的，不幸遇到酒駕，成為主播口中的名字。我多麼希望，他們沒有上鏡機會，最好永遠不要成名。

他也將成為明天的一則新聞吧。至少公告在學校官網，教學平台宣布停課，系主任表達哀悼之意。

我曾聽他說過，鄉下大學遺世而獨立，訊息流通得全面且迅速。校園周遭，哪怕只是某無聊人士偷倒垃圾，全校都知道了。生活枯燥乏味，玩樂的地方比市區少，學生們索性替自己找樂子，小事就發文公審。

所謂向心力，或許便是這樣來的。

我們生活的地方，和他任教的大學，差不了多少。婚後沒幾年，他的母親生病了，我們從台北市，移居舊桃園縣。幾十年過去，桃園縣升格為直轄市，他的家鄉還是本來的模樣，甚至遠比他教書的地方還要偏僻。

同樣位在半山腰上，周遭都是紅色的土壤，三合院仍在沿用，鄰居總是那幾戶人家。祖厝占地龐大，一家人擁有近八十坪的地。狗子可以自由奔跑，曬滿整屋子棉被的空地，還可以停三部車。

好壞往往一體兩面。公公在三合院隔壁，蓋了兩層樓的透天厝，婆婆卻不願同住，堅持三合院不能打掉，祖厝要留著。她拖著病體，每天進菜園裡，整理蔬菜水果，照顧整排的竹子。附近的鄰居整天串門子，當然也會互助，但更多時候是，對種種生活細節表示意見。

這幾年來，老一輩逐漸凋零，子女到外地生活。周遭的土地和房子，幾乎都租給別人了，常有陌生的臉孔進駐。偶爾打聲招呼，訊息仍然流通，只是沒有從前相熟。明明認識這麼多人，在他倒下的瞬間，我卻不知道能聯絡誰，能找誰來助念。

我們沒有子女，他的手足遠在天邊，朋友各自有事要忙。掙扎半天，我點開手機通訊錄，撥打素真的手機。

素真是大學時的友人，在某次夜衝、抽機車鑰匙的時刻，我們不約而同地，把名額讓出。素真載著我跑山跑bar、唱卡拉OK，搬出宿舍後她邀我同住，不收房租。我和她擠在不到十坪的小套房裡，把廁所當流理台，簡單沖洗大骨和蔬菜，便全扔進二手的大同電鍋，靜待開關跳起。

大學畢業後，我們考上同一間研究所，她再度興奮地邀我同住，這次我卻狠下心拒絕。人生不斷前進，不能老是膩在一起。她仍堅持在外租屋，抱走大同電鍋，找到更合拍的室友。我則住在破爛的六人宿舍，除了課堂上見面，課外很少再約吃飯了。

課都修完後，素真棄論文不寫、也不願出社會找工作，簡直莫名其妙，她決定剃髮為尼。辦離校手續那天約吃飯，我們把話都說開了，終於放下恩怨，重拾友誼。她入廟修行後，偶爾放風總會找我，久久見一次面，更新彼此近況，情誼竟走得比婚姻還長。

一通電話，她和佛祖請假，立刻趕來。

葬儀社找來的和尚，背對著我們、站在最前面，帶領誦經。

初夏的夜，涼風拂過我的臉，睏意來襲之際，我看見有一隻大蒼蠅，停在和尚光禿的後腦勺正中央，悠哉地搓手。他誦經時搖頭晃腦的，牠便隨著節拍擺動，捨不得離開那顆反光的頭。

睡意全消，我得用盡全身力氣，才能壓住笑意。她大概發現了，我的腹部，有細小的顫動。她丟來理解的眼神，淘氣眼眸裡，沒有一點責備意味。我們偷偷地眨眼睛，數算蒼蠅停留的秒數，時間彷彿又流回那間小套房，我再笨也知道終究回不去了，突然有點想哭。

儀式結束後，我邀她在家裡住一晚。哀悼儀式太累人，漱洗後，各自回房間睡了。我也曾害怕，友誼走到無話可說那天。現在我有了全新的體悟，無言最是幸福。

※

距離告別式還有七天。在那之前，每天都要進殯儀館上香，更換供品。

葬儀社派來的服務人員，辦事周到，為我分擔不少雜務。注重細節，就是有點囉嗦。他問我，先生還在世的時候，喜歡吃什麼？他願意照先生的喜好，準備供品。

人都死了，還要麻煩陌生人，未免也太任性。

如果儀式的存在，是為了安撫生者，他喜歡的菜色最好都不要出現。不要提醒我，他還活著、他曾經活過……我不樂意思念他。反而願意這樣想，此後，我終於能餐餐吃自己喜歡的東西了。於是我這樣回答，禮貌且優雅：「謝謝你，我先生不挑食，一切從簡吧！」

服務人員從善如流。紅色的塑膠碗，擺成好看的九宮格，菜色不外乎炒豆干，三色豆炒蛋，醃小黃瓜。

拜完他，我走出殯儀館，穿堂裡擺滿了遺照，幾乎沒有死角，不能避開。小時候，馬路上只要出現藍色的棚子，母親總會要我低頭、閉眼睛：「不要看，免得被煞到。」現在我一個人、自成喪家，擺脫種種顧慮，得以隨意瀏覽。

穿堂的轉角，擺著妙齡女子的遺照，伴著她的只有一個婦人。大概在哭她女兒。婦人的哭泣聲，響遍整個殯儀館，我走向前去遞衛生紙。她道謝的聲音，很嘶啞，喚起我許久以前的念頭。說來也沒什麼，我曾想過要一個女兒，也就是想過而已。

走出殯儀館，搭捷運到百貨公司，吹冷氣、散步。

守在電扶梯旁的服務人員攔住我，問我，要不要噴酒精消毒？我攤開手心，沒有酒精，他遞來專櫃的試用品，要我幫忙填寫問卷。怎麼偏偏挑今天選上我呢？親愛的，能不能占用妳幾分鐘的時間，他懇切的眼神，不容我拒絕。

很久以前，我也曾在百貨公司當過櫃姐。不是正職，只是短暫的暑期打工。平日排班為主，偶爾假日支援，幫誰代班。我特別喜歡早班時段，在百貨公司開門以前，和前輩一起做足準備工作。在營業前五分鐘，偷閒跑去廁所，坐在被清潔人員刷得晶亮的馬桶上。這是我私人的開幕儀式。

平日的早上，百貨公司是沒有遊客的遊樂園，充滿趣味。賣鍋具的大哥大姐，常把示範用的食材，煮成自己的午餐。託前輩的福，我吃過幾次大姐煮的番茄蛋炒飯，勝過美食街的員工餐。

我站的櫃，賣的是義大利品牌的包包，在百貨一樓的邊陲地帶。收銀檯後方的牆，推開來便是儲物間，我們躲在這裡吃飯，或在樓管沒注意的時候，輪流休息。彩妝櫃的姐姐們，不時來借用儲物間，以八卦交換。

百貨公司之於我，有種無以名狀的鄉愁。身處其中的樂與苦，經驗過的人才懂。

我跟隨急於推銷的專櫃弟弟，走回櫃上、填寫個人資料表，卻沒拿走試用品。他身上背負著沉重的業績壓力吧。我想起彩妝櫃的姐姐們，常自掏腰包買正品，給客人試用。常有無良的客人，在看完午夜場電影後，順手偷走櫃上的東西，也都是算在她們頭上。

假日的午後，百貨公司滿是逛街的人潮。我混進人群中，不經意抖落誰，又觸碰了誰的魂魄。

乘著手扶梯滑行，牆壁上貼滿奧黛麗．赫本的黑白照片，她一貫的側臉，甜美、率性的笑容。循赫本的方向看過去，轉角人形模特穿戴的黑色洋裝，真美。我走進試衣間，彷彿置身於叢林，門板是大片的芭蕉葉。褪去T-shirt和牛仔褲，我在吵雜人海裡，和這件洋裝，以及所有試穿過的人們，肌膚相親。

就決定是它了。

在他出殯那天，我要穿著它，優雅地招待每一位賓客。

走出試衣間，我把洋裝遞給站櫃的妹妹，請她為我剪標，我要穿著它逛街。踏過每一個櫃位、踩完每一層樓，又搭上手扶梯，往更高樓層走。

乾淨明亮的百貨公司，總讓我感覺離死亡很遠。我大概能理解為什麼，《第凡內早餐》的女主角說，比低潮更嚴重的「紅色警戒」來臨時，她就會到蒂芙尼的櫥窗，欣賞珠寶。

不同的樓層，分別指向不同的人生階段，各年齡層的需求，都能在這裡完成。從底層的美食街，到珠寶和美妝撐起的大樓門面、少女服飾、少婦服飾、男裝和球鞋、高級餐廳、電影院、童裝和湯姆熊遊樂場……它輕巧地跳過病與死的暗影，只要你相信，掏出錢就能得到快樂。

而我確實需要快樂。

穿著新買的洋裝和鞋子，手提當季的包包，乘手扶梯到最頂樓，我竟再也沒什麼可買。童裝和球鞋與我無關。湯姆熊的聲音過於惱人。我走進被蹂躪一整天的廁所，放下馬桶蓋、放棄酒精擦，掀起洋裝，呆坐在馬桶上。

馬桶不髒。

禁止踐踏馬桶。

馬桶如我身上的洋裝、鞋子和包包，也曾悉心呵護、沾染過誰的體溫。我以光溜的軀體，親吻馬桶，擁抱散落的靈魂，感應誰的前世或今生。坐到馬桶熱了，將近閉館時間，才依依不捨地離開。

※

返家的路上，坐在捷運的塑膠椅上晃啊晃的，滑開手機，慰問訊息逐一跳出，再來是未接來電的通知。

回訊息並不難。他的校務會議、系辦通知，甚至學生寫來的信，幾乎都是我在處理的。從 E-mail 到臉書，他仍沿用我設定的帳號和密碼，不時耍賴，要我幫他回信。

當然，那些仰慕他的學生，寫來的信，我也全看過了。他年輕時長得還可以，常有漂亮的女學生，來信訴說心曲。他根本不知道怎麼回，不懂年輕女孩的心，我便接手了這些麻煩事。

婚後朋友們幾乎都不再聯絡了。

人生走到某個階段，和某人共組家庭、有小孩後，少有聊天的時間，也很難再約見面。讀女孩們的來信，總能喚起舊日時光，還有大把的時間可以浪費，和另一個人傾吐全部的自己，碰撞磨合、捏塑彼此的形貌。

回想起來，無比珍稀的時光，我卻不想再重來一次。名為青春的黑水溝，航過便足夠了，耽溺其中只會被吞噬。

那些手書的信件，生日小卡，都被我收在抽屜的深處。簡訊已成追憶，好不容易迎來打字不用錢的時代，昔日的友伴，幾乎都換了電話號碼。從臉書搜尋誰的名字，遞出、確認交友邀請，發文黏貼了誰的指紋，卻更顯得陌生。
我購入掌上型平板，把陌生女孩們的信，捧在手心。
他長年南北奔波，要發期刊論文、處理課務，女孩們在凌晨來信，他早已入眠。我悄悄移開他的手臂，偷溜下床，就著書房暖黃的燈光，手指頭輸入注音，一字一句回信，像是在彈鋼琴。
路途遙遠，此時我終於從百貨公司，回到空無一人的家。門口的蓮霧樹隨風搖曳，庭院後排的竹林，也發出沙沙的聲響。狂躁的風，鑽過水泥牆的縫隙，把自己吹成秋夜的奏鳴曲。
我脫下衣服，把它們丟進洗衣機，加入大量的芳香豆。打開熱水器，把全身上下都川燙過一遍，從陽台拿來全新的絲瓜布，仔細洗刷每一吋肌膚。四下無人，我總算能放聲高歌，任水淹滿浴室的地板，也不會被責難。
所有前塵往事，都被我刷洗殆盡。
然後他就死掉了。真正意義上的死掉了。

※

走出浴室，穿上棉質睡衣、把衣服晾好，我走進書房，在電腦前正襟危坐地，籌備新生的派對。他的同事不必通知，系上師生都知道了。他的親朋好友，我早已登入臉書，張貼告別式的時程，望周知。

登出他的帳號，滑入自己的臉書，我卻不知道要說些什麼。或許也沒有說話的必要。對話框裡，傳來慰問訊息的，幾乎都是他的親友，與我無關。但我多麼渴望，找一桌熟悉的友人，見證我的新生。

登入他的E-mail，沒有學生來信。他的魅力，隨白髮增生而逐日遞減，仰慕的信幾乎不再有。取而代之的，是學生寫來的人生相談、出版社邀約信、公費留學生推薦信……我把工作的信件都刪除了。

突發奇想，擬一封通知信，寄給那些曾為我掛心的女孩。離開校園後，她們便鮮少再回信了，也不再和他碰面。老實說，我也沒有把握，會有多少人來呢？昔日的戀曲，再如何耀眼，都是過去式了。閒來無事，何須回頭看，何必去認感情的屍。

整理完信件、也把訊息都回完了，躺在床上翻來覆去，久久不能入睡。索性起身，點亮整屋的燈，四處遊蕩，盤點哪些東西該留，又有哪些東西該丟。

婆婆走後，她的遺物，他遲遲不願意整理。她的房間積滿灰塵，他也不讓我清掃，連穿過的拖鞋、失禁的內褲，都不能丟。他甚至連告別式也沒去，消失整個星期，假裝她還在。

我始終搞不懂，遺物的去留，意味著什麼。

父親在我很小的時候，就去世了。告別式結束後，母親把他的東西都丟了，連家具碗盤都換過一輪，不願意這個家，沾附任何關於他的記憶。倖存的婚紗照，從床頭擺到床底，直到我長大成人，或偶有酒醉時分，她才淡淡地提起。

而我也總是仔細聆聽，父親是怎樣的一個人，雖然我其實不感興趣。

父親走後，母親的身上，再也沒有瘀青。我無須把自己關在房間，不必時時擔心，會不會他連內褲也沒穿，在客廳晃來晃去。但我想，母親確實深愛著父親，她時常安慰我、也安慰她自己，父親只是心理生病了，總有一天會好的。

我不忍心戳破母親的記憶。愛和傷未必不能共存。她把自己全押在愛的陣營，死神對她仁慈，捎來愛的戰果。像是那句經典成語，死者為大，人都死了還要說難聽的話嗎？

死亡弄亂記憶，壞人都變成好的，壞事背後都長出原因。倖存的生者，單方面掌握敘事權利，不免為死者平衡報導。訴說時，散發仁慈的光芒，因為原諒別人，也就是原諒自己。死掉的父親，永遠都是對的，錯都由母親來揹。惡行惡狀一筆勾銷，抵免死亡的重量，到底便宜了誰。

可惜我再也無從得知，整理遺物的時候，母親的心裡，有沒有閃過一絲喜悅？他走後不能更壞，只能變得更好。缺角的碗盤，接觸不良的電視遙控器……全被她丟在河堤，連同身上的傷、心裡的苦，也一起丟掉了。

※

丟也不是，留也不是。

我在偌大的房子裡游移不定。

婆婆的遺物，本來就該處理，倒沒什麼問題。困難的是他的東西。住在一起，這麼多年，早已不分你我。我又活得清淡，不願向母親看齊，沒有全部換新的必要。

家具大多是我挑的，家電也是，他只負責把信用卡拿出來，口頭蓋章：「妳喜歡就好啊。」他的衣物並不多，大都是我添購的。但我甚至想不起來，他最常穿的是哪件衣服，哪件牛仔褲？

他常穿的衣物，大概都放在嘉義的房子。教師宿舍的蚊子太多了，他也不願在下課後，還要遇到同事。某年暑假，我隨他到嘉義市找房子。酷熱的天氣，很快把耐心消磨殆盡，看到第三間便下斡了。若真要區分，什麼是他的、什麼是我的，這層公寓全然是他的，與我無關。

我希望他保有自己的天地，在老舊的公寓裡，學習獨立。購屋時我們便約定好了，他是房子的所有人，也是唯一的照顧者。既然有使用的權利，也必須付出整理的義務。

他常抱怨，人生因父母牽絆，而侷限。但即便給他一張空白的畫布，他也不能作畫，無垠的自由，反而讓他心生恐懼。家人們總是支持他的決定，澆灌無私的愛，換來的卻是指責：「他們都不關心我。」父母的年紀漸長，他急於找一個女子，擺布下半生的房屋，為他作決定。

我對婚姻不感興趣。只是母親年紀大了，她看我遲遲沒有交往對象，常陷入自責的情緒。我不忍心反駁，那些她老是掛在嘴邊的話，諸如女人要結婚、要有小孩、有家庭才會幸福……我若對這些有意見，就是消抹了她的存在意義，也貶低我自己。

縱使愛很稀薄，兩個缺角的人攜手，便能演繹成世俗的幸福，而不至於刺傷母親吧。

有愛不死，若離於愛者，無憂也無懼——還記得，我們一起看過的午夜場電影，嚇人的鬼片，結尾打上紅色的幾個大字。他故作鎮定地，摸我的頭，問候妳還好嗎？

我故作恐慌，硬是擠出幾滴淚，掩飾大澈大悟的表情。對噢，只要沒有愛，也就沒什麼好怕了。我們一致同意，是那場電影，促使我答應他的求婚，堅定結婚的決心。

婚後母親來家裡作客，因他的溫柔，而悵然若失。我總是趁他轉身之後，偷唸幾句女學生的來信，和她請教，阿母妳覺得，這是什麼意思？

惘然的表情消失了。但她也沒安慰我，只是叫我不要多想，人不可能沒有缺點。

說來說去，母親的結論，總是同一句話：「妳一定也有沒做好的地方，快點生個小孩就沒事了。」

不管她如何責備，我都從不回嘴。把握碎唸的時間，將心裡閃過的一絲確信，牢牢捉緊——至少，在此刻，母親終於找回自己存在的意義。

※

現在這間房子是我的了。嘉義的老公寓也是。我不再是它的「女主人」，無須為迎合誰的需求，讓出自己的空間。

他人的衣物，鮮少使用的杯盤，堆著也只會積灰塵。

還記得某個風和日麗的早晨，風吹動窗簾，陽光從屋外灑了進來。我沐浴在光束裡，半睜眼睛，空氣裡，散落銀色的細小顆粒。彷彿仍在夢中，久違地，我想起甜美的記憶片段。

研究所剛上榜的時候，人生最優閒的暑假，素真載著我去鹿港逛老街、拜月老，祈願歲月靜好。站在「開台湄州媽祖」的匾額下，沐浴在豔陽裡，我幾乎睜不開眼睛。她卻不准我離開，要求我挺直身體，維持同一個姿勢和表情，拿出相機為我拍照。

她蹲得很低很低、低到不能再低，專注虔誠的表情，眼前好似有不知名的神蹟發生，對著我喃喃自語：「妳長得好莊嚴啊……」那時我太年輕，小年紀容易心驚，沒有勇氣確認她看見什麼，莊嚴又是什麼意思。感覺有一點沉重，便在心裡默默畫一條線，把她隔開了。

若記憶是一條小河，灰塵便是淤積的沙，內藏破碎的貝殼，偶有過路人亂丟垃圾。陽光逐漸變得刺眼，我打了幾個大噴嚏，從記憶之河脫身，如夢初醒。

我把窗簾拆下，吸塵器清過幾輪，丟洗衣機。脫水後晾在空地，待陽光把塵蟎烤熟，熟成太陽的味道。掃除得以讓時間歸零，懸浮微粒重回大地，不涉記憶的險，不放任時間，兀自丈量人己關係。

大捲的黑色垃圾袋，全被我拿了出來。雙手把袋子撐開、赤腳踩入其中，把它往上拉，像套進一件洋裝。打開衣櫃，翻出他的衣服，把它們捲成長形的糖果，填滿每一張垃圾袋。

我決定只留下一件外套，把他的人生軌跡，縮成一支衣架。掛在衣櫃深處，偶爾心血來潮，才拿出來曝曬。

天色漸亮，他和婆婆的衣服，幾乎都整理完了。我把它們搬去路邊的電線桿，那是清潔隊收取大型垃圾的據點。塵歸塵、土歸土，但願這一帶，沒有亂尿尿的小狗。我終於把他們送上歸途。

最棘手的處理完了。剩下他用過的杯盤，還有書房的理論書。

這附近沒有便利商店，我開車到山腳，和店員要來全部的紙箱。我是超商常客，夜班的妹妹擅長記客人名字，取貨不用看證件，只要一踏進門，她總是熱情地招呼：「妳又在網路書店買書吼！」

大清早，她幫我把紙箱搬上車，沒有過問，要這麼大量做什麼。

我曾在超商寄過冷凍包裹，把手做的蛋糕，寄給遠方的友人。那時她從倉庫翻出兩個紙箱，俄羅斯娃娃般疊起，塞滿泡泡紙防撞。若包裹裡不是蛋糕，我把動物屍體切塊、裝在不同紙箱，她也是同樣慎重吧。友人回贈我三片虱目魚肚，也是層層紙箱套疊，和寄送蛋糕沒有差別。

紙箱把後車廂牢牢塞滿，不留一點空隙。

我和超商妹妹道謝，她說沒事啦，有需要隨時來拿啊。打開車門、坐進駕駛座，綁安全帶的時候，妹妹又折回來，輕敲車窗，卻提高了音量：「庭庭姐，剛忘記跟妳說，妳鞋帶好像掉了。」

她的提醒，如清晨柔美的陽光，鬆弛緊繃的神經。

我拉起手剎車，彎下身把兩隻鞋子的死結都鬆開，重綁一次漂亮的蝴蝶結。這雙鞋子陪我很多年了，鞋身充滿刮痕，此時卻和全新的一樣，能帶我四處亂走，前往心之所嚮。

放下手剎車、輕催油門，沿途有鳥鳴，還有涼風徐徐。我搖下全部的車窗，讓空氣在車裡亂竄，隨風的呼嘯聲歌唱。在陽光變得刺眼以前，趕回山上的家。

房子裡的聲音不再張狂。

拉起窗簾，我倒在雙人床上酣睡，作恬恬的好夢。

2

他們的夜晚，是妳的白天。

每當賢淑的妻子擁他入眠，妳溜進他的夢裡，確保他早已熟睡，夢裡的煙火如期施放。妳便得以安心地，從夢和現實的夾縫遊走，掙脫他的雙臂，散步到書房和誰通信，手拿洋芋片，徹夜追沒營養的芭樂劇。

倘若沒有妳，她不能熬過漫長的婚姻生活。妳是她豢養的小獸，總是在夜間出沒，乘著她的軀殼夢遊。

她默許妳這麼做，只是約法三章，白天不能搗蛋。但她懂得妳的怒氣，不時放妳出來走走。偶爾妳忍不住，在煮午餐的時候，把掉落地板的香菜丟進他碗裡，她也沒阻止。她明白妳的苦心。

妳從沒想過，互相扶持的日子，這麼快就結束了。或許也不能說快，他們的婚姻存續幾十年，在真正碰到終點以前，妳常感覺看不到盡頭。他走得安詳，久違地她在心裡閃過一絲快樂，妳卻有一點罪惡感，好像人是妳殺的。

當然人不是妳殺的。

他走後，妳常感到不能呼吸，手指逐漸變得透明。黑暗中發光的小世界，亮度降低了。她不必再躲藏，大大方方地，把整座房子的日光燈都打開，訓斥妳：「看平板要開燈啊！不然多傷眼睛。」

妳們之間，有多少革命情感，也不比一具身體。

確實她還有很多事要忙，摺蓮花、舉辦告別式、整理遺物……唯獨漏了為自己招魂。妳伸出透明的手，輕撫她的頭，在全然消失以前，盡情欣賞她的輪廓。

妳很想寫封信給她，如妳寫給女孩們那樣，把千言萬語精煉成道謝，再來告別：「親愛的庭，謝謝妳，這段日子很開心。」沒有一點客套的成分。可惜寄信給自己了無生趣，違背妳的原則，她不會收到妳的來信。

※

如夢的時光，妳在誰的心靈遊走，指尖回覆少女的問句。

妳們在信裡搭建默契、深夜談心，摸索原生家庭和自己的關係，偶爾也談論觸動的書籍。文字的溫度不比真人，終究要從２Ｄ變成３Ｄ，從平面走回實體。

好不容易把筆磨熱，女孩們約他出去，大多直接破滅，從此不再回信。有的女孩，把他當成失戀的過渡，吃過幾次飯、索討禮物，沒多久便結交新的男友。只有兩個女孩，和他的關係持續到畢業，離開校園便分手了。

隨著年紀增長，妳的回信逐漸穩重，曖昧和勾引的情愫變得稀薄。妳竟有種和女兒人生相談的錯覺。

妳曾想過要一個女兒，給她全部的愛，讓她在相對優渥的環境，自由伸展。女兒不是愛情的結晶，這不是妳的追求，也絕不能說是另一個自己，抹去她的主體性。但妳仍想知道，若給足裝備，乘載妳基因碎片的身軀，她能走得多遠？

然而，妳再怎麼努力，都不能喜歡他的身體。

婚後妳和他協議，維持家人般的關係，作彼此的人生夥伴。只要坦誠相待，妳不能提供的情愛，麻煩他另請高明。他看妳的眼神，好像知道這一天總會來臨，沒有退縮，反而深情款款地說：「不要離開我，妳要怎麼樣都可以。」妳懷疑自己是不是丟失了愛的能力。

社群軟體上，朋友們紛紛曬出小孩的照片。仔細端詳，簡直是同一個模子刻出來的，抱錯的機率渺茫。

學生時期的朋友，曾私訊和妳抱怨，親戚都說女兒像爸爸，只有圓下巴、肥臉頰，遺傳自媽媽。夜裡女兒哭鬧，婆婆也不忘調侃：「唉唷，跟她媽一樣有個性。」肥的爛的醜的，全都算在她身上。爸爸總是不會錯的，不都說，父親是女兒的前世情人嗎？

妳想起母親曾說，妳和父親，幾乎長得一模一樣。

小時候妳和母親對視，她總會把臉移開，嚴肅地請求：「拜託妳不要看。」弟弟長得像母親，備受疼愛，她不曾以異樣的眼神看他。生活瀕臨崩潰，特別是又繳完新一期學費的時候，母親常衝著妳罵：「妳憑什麼，還說妳討厭爸爸，沒有自知之明。全家就妳最像爸爸，不知道上輩子欠妳多少，生來討債！」

妳有點慶幸，朋友只有一個女兒。怒氣之中，還有柔情尚存。抱怨半天，她傳來素顏自拍照：「她的眉毛明明很像我。」妳想起結婚時，眾人的祝賀。多事的婚禮主持人，甚至說他們有夫妻臉呢，當時她倒是欣然接受。

如果愛有形狀，母親是在妳的臉龐，撞見了愛的遺像吧。她始終記得愛人最耀眼的樣子。他附身在稚嫩的妳身上，栩栩如生，她不忍直視。如果母親多愛自己一點，妳是不是就能倖免於難？妳情願愛是湖邊水仙，他人皆朦朧，自顧自凝視水中倒影。

成年後，妳長得越來越像母親，神韻、說話方式都神似。旁人總說妳們是一對姊妹，母親笑開懷，不知道是諷刺還是安慰：「妳和我一樣，先老起來放。」但妳只是學會模仿，甚至砸時間，耐心研究仿妝。

愛人的遺像，被妳偷偷撤換掉了。

此後妳熱衷於扮演他人的命中水仙。

※

第一個寫信來的女孩是莉莉。

她的苦惱，和取名的人，緊緊相連。

莉莉的雙親是百合花的研究者，在農業單位任職，負責籌備每一季的花海。他們交往時便約定，日後若有女兒，要把她取名為Lily。她的存在，不僅是愛情的延續，更提醒著他們愛的初衷。

而他們確實愛得忘我。遠離喧鬧的塵世，在山裡的小屋生活，日夜以愛灌溉花朵，唯獨漏掉寶貝莉莉。她的童年少有雙親身影，是隔壁不知名的婆婆，把她拉拔長大的。他們自詡為放任的美式作風，視孩子為獨立個體。不以爸媽相稱，請莉莉直呼他們的名字，「嗨，張××，今天過得怎麼樣？」

親暱又疏離的親子關係、自由伸展的空間，卻讓莉莉無所適從，不能適應死板的校園生活。山坡上的家，也因為路途遙遠、每天來回要四個小時，不曾有同儕造訪。

要不是她的長相和母親高度神似，如此寬鬆的管教方式，幾乎要讓她懷疑，他們之間是否存在血緣關係？

她在學校直呼校長的名諱、把老師氣哭、被同學嘲笑……大人小孩都說她沒常識。回家哭訴，他們卻一笑置之，告訴她：「沒關係，我挺妳。」但心理支持沒有幫助，她想要習得規矩，學會俗人的社交方式。在沒有人帶領的情況下，她付出許多時間和精力，才稍微融入校園。

好不容易熬到高中畢業，命運作弄，大學沒考好，竟然分發到山上的學校。總不能看著無邊無際的山發愁吧！封閉的校園，師生異常團結，社團卻不興盛。最為活躍的，是以區域劃分的聯誼社團，莉莉很快便打入人氣旺盛的「南友會」，被會員們封為「南友之花」。

雲嘉南的高嶺之花，幾乎被每位男孩都約了一輪，女孩也搶著討好。這時的她，非常喜歡自己的名字，以身為「莉莉」為榮。甚至想著，若不是這個名字，她便不會贏得這個頭銜。

她還算是有自知之明，莉莉在信裡寫道，入會的營火晚會，蹲坐在她身邊的汶婷，明明是全場最美的女孩。白透如紙的肌膚，長長的睫毛，欲睡的睏眼，仙氣逼人。

主持人卻不曾呼喚汶婷，像她那樣的女孩，或許並不適合被起鬨吧。他拿起麥克風，瞥了汶婷一眼，開口邀請的卻是莉莉，邀她上台笑鬧：「讓我們歡迎南友一枝花，名如其人的，Lily！」晚會過後，莉莉成為友會的核心成員，所有人繞著她旋轉，拚命說笑話逗樂她。

眾人追捧的花，其實不需要漂亮。只要親切愛笑、舉止合宜、比普通人好看一點點，便足以擔起「友會之花」的名號。這番話並非自我貶低。特立獨行的日子，畢竟太累了，莉莉感到普通很好。經過這些年，她終於把自己變成普通人，成長路上的血和淚，應該可以證明擁戴不是錯愛。

但普通也指向無聊，而無聊意味著，莉莉沒有太多選擇。若高塔上的長髮公主，躲避巫婆耳目、把辮子垂放，爬上樓的卻不是王子，關心公主的讀者會作何感想？

半年後，南友會的王子和她告白，莉莉很快接受了。如同她早已接納自己的平凡，沒有一點遲疑，伸出雙臂、擁抱他的平庸。

普通的戀愛，卻不似她想像的簡單。

他們攜手舉辦下一屆的營火晚會，凝視台下陌生的臉孔，選出最愛笑的男孩和女孩。他們的笑容，遠比莉莉更自然，發自內心。莉莉看著她的笑臉發呆，直到她甜美的笑容，逐漸凝結——有一隻不知好歹的蟑螂，在大庭廣眾之下振翅，飛到女孩的瀏海上。

在火光照耀之下，暗夜裡的蟑螂，像極了棕色的寶石。若不是女孩驚慌失措的神色，莉莉還真想盡情地，欣賞眼前美景。

莉莉不害怕蟑螂，牠們總讓她想起舊日時光，婆婆把西瓜皮放在路燈下，吸引獨角仙。這是鄉間特有的生態教學，她們以指尖觸碰每一隻黏在西瓜皮上的甲蟲，也包括蟑螂。婆婆說，別傷害牠，生活多不容易，人家也是出來混口飯吃。

於是她伸出手，碰觸女孩的秀髮、把那顆發亮的寶石摘下，小心翼翼地，把牠放回路邊的草叢。女孩嚇哭了，對著莉莉大吼，妳不要靠近我！旁觀的每一個人，面面相覷，不知道該拿怎麼樣的態度看待莉莉。

王子對公主的幻想破滅了。

營火晚會結束後，幹部們忙著收拾器材，躲避他們的目光。蹲坐在營火旁，他把火焰捻熄，莉莉的臉龐也隨之黯淡。沉默半晌，他終於開口提分手，莉莉仍清楚地記得，他吐出的每一個字句：「我上次看到徒手抓蟑螂的人，是自助餐店阿姨，實在太噁心，沒多久它就倒了。」

莉莉從沒想過，不只穿著打扮，就連在危急時刻，都會不經意露出自己。她突然厭惡起「莉莉」這個名字，想逃離大自然，包括陪著她長大的山和海，她都不要了。

※

那時妳還年輕，徹夜寫長長的信，回應她的問句。

夜裡重讀少時的回信，沒必要的冗言贅詞、欲蓋彌彰的自我揭露，讓熱氣直衝妳的腦門，汗溼腋下。上萬字的信，幾句話就可以說完，妳把含金量最高的句子畫線：

「他不值得妳的勇敢。」

妳鼓勵她往前走，改名也好，轉學考也可以。如果還不能接納自己，暫且拋棄原本的「莉莉」，也沒有關係。

莉莉聽取妳的建議，每天泡圖書館，疲憊時便和妳寫信。那時他還沒有那麼不要臉，不曾約她見面。妳擁有全部的莉莉，也對她開放某部分的自己。直到她考上北部的大學，來信頻率驟降，妳仍會在她人生朝下一個階段滾動的時候，收到報告近況的信。

每次收到她的來信，妳總會戴上全罩式耳機、找一首電音女團的歌，把音量調到最大，讓心跳的速度顯得合理。但她似乎不介意妳有沒有回信，只是自顧自地書寫近況，藉由文字梳理心緒。妳是告解室裡的神父、無所不在的佛母，大多時候低眉聆聽，不發一語。

於是妳得知，她在台北過得很好，課業以外都很順利。社團活動精彩，交往過幾任男朋友，輟學去時尚雜誌上班，做過造型助理、化妝師、雜誌編輯。從紙本跨到影音的世代，近幾年開始經營自媒體，終於在小螢幕裡大放異彩。

她徹底拋棄「莉莉」，為自己取全新的名字。不只在螢光幕前，連身分證上的字都改了。但她未曾改過信裡的署名。棲居在文字的方格裡，她安然露出全部的自己，仍是那個未曾謀面，卻愛妳的莉莉。

她不知道，妳給出的鼓勵，不只那幾封簡短的信。在頻道開設那天，妳辦了幾十支帳號，每一個平台都按訂閱，開啟通知的提醒。

起初，她還沒有露臉的勇氣，下載各種特效、把聲音和臉都變形，單靠談話內容吸引聽眾。螢幕裡的她不似文字徬徨，談起職場惡鬥、精品美妝，總是一副看過大風大浪的模樣。

粉絲們喜歡看她倒在床上，以姊妹淘的語氣話家常，從生活瑣事聊到生命裡重要的人，天南地北的。上線時間大多是晚上十點半，親暱的床邊談話，她的金句連連，為她們解決各種疑難雜症、開出失戀的解方、整理參拜月老廟的方法……

妳切換帳號、變換語句，在每一篇貼文底下，友善地留言：「濾鏡好可怕，許願把特效拿掉！」她應許粉絲的祈願，在直播時鄭重地允諾，她會努力練習看鏡頭，待到不怕的那天，便以真面目示人。

隨著訂閱數增加，她寫來的信越來越少。沒多久便丟掉濾鏡，端坐在沙發上，以漂亮姐姐的姿態現身。妳終於得以在小螢幕裡，心安理得地端詳她的臉，隱身在十萬粉絲裡，坦率地送出喜歡。

妳喜歡看她搭建舞台，占據世界的一隅，自信地發聲。

她從不以素顏示人，就連洋裝和妝容，都完美地契合談話主題。粉絲們敲碗美妝影片，她在直播裡，一再謙虛地拒絕：「美妝領域喔，厲害的創作者太多了，等我找到突破的切入點再做啦。」

妳不只是普通粉絲。

三更半夜的，做完直播後，她久違地失眠，寫信來撒嬌。出社會後，她很少寫這麼長的信了，掏心掏肺的。她彷彿站在妳面前，掀開全部的自己，一絲不掛。

於是妳又得知，無論莉莉看來如何光鮮亮麗，常駐內心的女孩，始終沒能跟上腳步。那女孩不時提醒她，別想在誰面前卸妝，別忘了妳很醜，萬萬不可露出馬腳。但她捨不得把女孩趕走。這些精彩的創作，最初都是為了內心的女孩，她早已是不可或缺的存在。

妳多麼希望話題停在這裡。如往常那樣，提筆安撫莉莉，擁抱破碎的女孩。沒想到女孩不需要安慰。在心內話之後，她和妳分享人生大事——長跑多年的男友，終於求婚了。

本該是值得開心的事，內心的女孩卻讓她動搖，險些投入另一個人的懷抱。

原因無他，那人是女孩的初戀，吻過她素顏的臉。很久以前的炎炎夏日，他總是在假日，轉乘三趟公車、搭兩個小時的接駁車上山，只為了陪她數算光蠟樹上的裂痕。

夏日戀情並不致命。裂痕是獨角仙的吻痕。牠們在盛夏成蟲，撕扯樹皮、吸食滲出的蜜汁，短短幾個月的生命，誕下後代便安然死去。斑駁的樹皮，不妨礙樹木生長，都是獨角仙活過的證明。

他們在樹下乘涼，談沒意義的廢話，看白雲飄過、蝴蝶飛走。汁液的香氣，也引來大量的蜂群，她退步走出樹蔭。他抓住她的手，把她重新拉回陰影裡，手捏蜜蜂毛絨的腹部，輕聲說：「別怕，就算大力摸牠，也不會怎樣。」

他篤定的神情，深深烙印在她的腦海裡。離鄉求學後，她只在農曆假期返家，最多待兩天一夜，不曾解釋，便把他遺落在那座城市。

她擅長遺忘，掩埋破爛的記憶，找到全新的地方，重新開機。他們一起做過什麼，說過哪些癡心的話，幾乎全忘了。可是不論她走得多遠，逃到另一個鄉村或城市，當春天過去、第一聲蟬鳴又響起，她的身體先於心，總會想起光蠟樹下的記憶。

多年後，莉莉牽著男友的手返家，開始籌備婚禮。老家的黑色圓桌上，擺著大罐的蜂蜜，標籤上撞見熟悉姓名。她鼓起勇氣撥打那支電話，他立刻接起，電話那頭是熟悉的聲音。

他們約在老地方見面。光蠟樹早已不復存在，取而代之的，是隨處可見的便利商店。他們把話說開，道謝也道歉，更新彼此的近況。女孩本來就迷戀他的肩膀。得知他畢業後接手家業，在短短幾年內，把蜂箱從另一個山頭、移到這個山頭，只為了見她一面——女孩更動搖了。

日光燈過於明亮，把隱形的紋路，照得無所遁形。她躲進他的懷裡，細說這些年的委屈，數算彼此身上的裂痕。他沒怎麼變，只是肩膀更寬闊、語言變得更動聽，他說：「如果妳願意，哪裡都可以，我把蜂箱拉著跟妳走。」

那瞬間女孩暈眩，差點答應，卻被莉莉踩了剎車。

他抱著女孩，輕捏她的脖子和肩膀，催促她回答。但那些碰觸卻不似昔日溫柔。那雙過於粗糙的大手，不經意在女孩身上，撕出新的傷痕。莉莉再也嗅不到甜美的香氣，便失手殺了女孩。

※

妳把這封信打上黃色的星號。

但註記遠遠不夠，或許有一天，雲端的一切都會消逝。這是她最後的身影，妳想盡一切所能，留存女孩的字句。妳點擊右上角的列印標誌，把女孩的癡傻護貝，藏進抽屜深處。

妳很想回信，到頭來卻打消這個念頭，刪除連夜寫完的草稿，把信件封存到「莉莉」的分類。妳隱約有一種預感，如她所說，在「親手殺了女孩」之後，莉莉不會再寫信來了。那封信是醉後胡言亂語，妳不認為睡醒後，莉莉會想收到回信。

何況妳要回什麼呢？女孩不死、只是凋零，難道妳要故作歡喜，恭喜莉莉終於學會和女孩共處。她的深夜呢喃早已與妳無關。這些年來，她不斷往前走，只有妳留在原地。她會遇見值得深交的朋友，結識比妳更夠格解惑的人。對她來說妳算什麼？女孩終究會走，妳們注定沒有結果。

如妳所料，在那封信之後，莉莉不再來信。

甚至妳有點被騙的感覺，隔沒幾天，她便發出男友的求婚影片，高調分享試婚經驗、婚宴試菜……妳退居粉絲的位置，遠遠地觀看她的生活，努力找尋女孩的身影。莉莉一定花了許多力氣，才制伏頑強的女孩。女孩已經走遠，莉莉的粉絲暴增，成為新一代意見領袖，卻讓妳感到越來越陌生。

妳不禁自問為什麼，總是被相似的女孩吸引？她們眨著初生的眼睛，在世間晃蕩，倘若撞見醜惡，都是因為純真。女孩們在雲端漫步，和妳牽手、散漫地走一段路，逐漸長出自我，在習得應付世界的方法後漸行漸遠，獨留妳在女孩通往女人的路上。

妳習於背負早夭的女孩。背負母親，偶爾也背負自己。

年紀小的時候，常有老師和長輩誇獎，順便拍拍妳的頭：「妳好早熟，根本是個小大人呀！」妳露出得意的微笑，坦然收下讚美。確實妳自己上學，模仿大人的筆跡簽聯絡簿，洗衣煮飯，幫母親向公司請假，甚至幫她談分手，旁觀她失戀，倒酒談心。

父親去世後，母親投入戀愛，初次約會總要妳跟，請妳幫忙觀察，提出識人意見。離席後，她總會牽著妳到雜貨店買冰淇淋，坐在低矮的台階上，安靜地等候妳的分析。

母親臉上，浮出嬌羞的笑容，讓妳想起班上情竇初開的女孩。妳不常看見她的笑臉，她的笑通常不是為妳，妳永遠只能旁觀。

說真的國中生能提出什麼意見？為了不破壞母親的笑臉，妳總是能找出無傷大雅的缺點，翹腳、抖腳、脊椎側彎、喝湯太大聲……諸如此類。妳擅長小題大作，把小缺點掰成申論題，故作認真的傻幼姿態，試著逗樂母親。

第二、三次的約會，妳不能再參加了。長姊如母，母親要妳去接弟弟，照顧他的飲食和功課。哄弟弟上床後，妳窩在客廳的沙發上，點亮廚房的燈，等母親回家。

但母親很少發現妳在等她，進門後連鞋子也沒脫，走回房間，整個人倒在床上。或許母親很渴望能被照顧吧。又是「或許」，妳的世界沒有所謂的運作法則，不存在絕對的真理。做什麼都對、也可能都不對，妳習慣猜心，辭典裡沒有肯定的語彙。

妳碎步走進她的房間，為她脫鞋、拔去厚重的外套，輕柔地為她卸妝。梳妝台上的瓶瓶罐罐，妳再熟悉不過。從小她便要妳跟著保養，防曬和化妝水缺一不可，嚴厲地提醒：「不擦，就準備跟我一樣長雀斑，很難看。」

擦去眼線和睫毛膏、卸除底妝，妳手沾乳霜，以指腹按摩她的臉。棕色的雀斑浮現，如星群，點在本就白皙的肌膚上，像是臉上蒙了一層神祕的紗——妳不懂遮瑕的意義。

無論妳按摩多久，母親都不曾睜開眼睛。不知道是沒有發現，還是刻意當作沒這回事，她不曾提起，妳也守口如瓶。隔天她和沒事一樣，趕著漱洗、換上新衣，匆匆踏出房門。

妳持續乏味的日常，在家事都完成後，換洗她的床單，整理梳妝台上的雜物。從書堆裡抓出記事本，寫上他們的姓名、職業、年紀，還有約會次數。只要超過三次，妳連掃地都會哼歌。滿心期待，看她的眼線暈成熊貓，渾身酒氣返家。

她跌跌撞撞地走進門，踢掉高跟鞋，倒在妳鋪好的沙發上，抱著枕頭大哭。妳為她點菸，問她要茶或啤酒？端出冷藏的辣味鳳爪，聽她說他的爛事，在吐出骨頭之後，大聲陪她罵千篇一律的：「男人都不是什麼好東西。」

倘若她還清醒，仍有千頭萬緒，在大罵以後，她會不好意思地補上一句：「妳爸除外，他是好人。」那也無妨，妳含淚點頭，轉身打開冰箱，拿出更多啤酒。醉後她丟掉母女包袱、把妳認為閨密，打回原形，退回不時傻笑哭泣的女孩姿態。

妳以茶代酒，趁機閒聊和發問，拾起她抖落的身世，在線性時間軸串接故事碎片，嘗試拼出她的全貌。直到她累到無法思考，匆匆吐出那句話，時而漏字或口齒不清，男、人（都）、不、是（什麼）（好）、東、西……唸完便倒在妳身上，整個人瞬間關機，沉沉睡去。妳親吻她的額頭、為她蓋上被子，像是電影裡，慈母的睡前善舉。

確認她熟睡後，妳走進儲物間，翻出破爛的舊紙箱。他們的婚紗照，躺在箱子最底部。她不能丟掉，因為這是她年輕時，留下的唯一一張照片了。其餘的生活照、少女時期拍的沙龍照，都收在家族相簿裡，遺失於舊家的一場大火。

妳有記憶以來，都是在新家生活。每當她又說起那場熊熊大火，兒時尚不知火焰是何物、難以感同身受的妳，仍在夜裡爬起，拔去所有電器的插頭。待太陽冒出頭，被她臭罵一頓，妳坐著微笑發呆，安心感多於委屈。

突然想起小時候，父母開車環島，載著妳和剛出生的弟弟，走遍每一個縣市。行經嘉義，母親待在旅館照顧弟弟，父親開車帶妳四處亂走。妳在車上睡睡醒醒的，不知道開了多久，太陽將要西下，他才把妳搖醒。

父親要妳陪他下車走走。放眼望去，荒煙蔓草的，附近什麼都沒有。

妳戰戰兢兢地跟在他身後，某個無聊的笑話，浮現在腦海裡。有一天魔王把公主抓走，魔王說妳儘管叫破喉嚨吧沒有人會來救妳，公主大喊破喉嚨破喉嚨，沒有人就趕來救她了……

沒有人會來救妳。妳把插在口袋裡的手，握成堅硬的拳頭。但父親沒做什麼，他只是踏著失魂般的步伐，繼續前行。路邊的雜草比妳還高，你們走過一座吊橋，再往前走，是成群的荔枝樹。

遠遠看過去，結石纍纍的荔枝樹，頗有聖誕節的氣息，把盛夏燙得更飽滿。父親沒發表任何感想，只是茫然地走著，走到荔枝樹的盡頭，看見空地上堆放著幾塊紅磚，他才終於停下來。

那些話不是對妳說，或許他認為妳聽不懂，父親雙手合十，對著空氣喃喃自語。原來他曾有過一個女人，妳卻聽不出來，他們是什麼關係？

父親的聲音漸弱，妳得非常專心才能捕捉到故事的後續，串接關鍵字句：大火、女人困在房子裡、被活活燒死、屍骨大概、埋在這附近。他的時間錯亂，語彙朦朧曖昧，堅定清晰的只有這句話：「不是我的錯。」

原地蹲下起立，父親眨眨眼，臉上沒有一滴淚。妳等待他發作，抱怨或生氣都沒有，他安靜地捏起妳的手，走回停車的地方。車子發動後，他搖下車窗，從抽屜裡摸出軟皺的菸，點燃星火。

妳想起母親曾說，為你們他戒菸很久了。第一次看見他抽菸，菸味並不難聞，甚至有點新奇快樂。

回到旅館，漱洗後妳倒在床上，還沒全然被夢境占領，隱約聽見他們吵鬧的聲音。抽、菸、會、死，母親用氣音說話，咬字清晰無比。爭執無效，父親大力摔門，走到陽台抽菸，一待就是整個晚上，此後星火不斷，母親的淚水從沒停過。

※

天色漸亮，妳的夜晚太長了，不自覺陷入回憶。

待會還有事要忙，沒胃口還是得進食。妳起身做早餐，吐司切邊進烤箱，抹上奶油和草莓果醬。萬事俱備，只欠一包肉鬆，他說噁心的草莓夾肉鬆，妳終於可以放心做了。

早晨總是匆忙，妳不曾和母親，悠哉地吃過一頓早餐。她做的草莓肉鬆沒那麼講究，吐司直接從冰箱拿出來沒烤過，也沒有奶油，挖一大湯匙果醬，灑大把肉鬆，便宣告完成。滿滿的糖、澱粉，和脂肪，足以支撐半天的熱量。

妳泡一杯咖啡，加牛奶，代替肉鬆。

牛奶是優良蛋白質。妳一邊吃早餐，一邊看莉莉在小螢幕裡，眨著水汪汪的眼睛，宣導適合宅女的居家有氧、十個變美的方法、一生受用的戀愛法則……她總是在半夜十二點上片，凌晨四點半，右上角卻跳出紅色通知。

是有點奇怪，但妳沒有點開。想為疲憊的晚上，預留一點期待。

在天亮之際，妳吃完早餐、漱洗完畢，倒回床上，把身體交還給她。如果可以，妳想和她說：「能不能像今天這樣，把晚上的時間，還給我？」她不會同意妳吃草莓肉鬆，妳也不喜歡她在凌晨大掃除、在山路上飆車。

睡醒後她肯定會唸妳，不該在睡前喝咖啡，害她如此淺眠。妳會笑她過太爽、幸福的人才不需要咖啡，為佐證翻出莉莉的陳年舊片：「用咖啡因跟幸福Say Hi！十個愛上咖啡的理由。」

早在片頭，莉莉便坦承，這部影片的靈感，來自某政治人物的臉書貼文：「剛泡好咖啡。對著電腦，路上無車無人，夜深無聲……」這篇文很好笑，在爆笑之後，莉莉收斂表情，對著鏡頭甜笑：「但你知道嗎？晚上喝咖啡，其實並不如你想像中的那麼假掰。」

妳想把莉莉的話轉述給她聽。

十個愛上咖啡的理由，說起來平凡無奇。無非是為了工作提神、放鬆身心、穩定情緒……不知道是不是跟妳學的，莉莉擅長製造金句，再為自己的金句畫線。影片開場，先透過上揚的問句，製造懸疑。稍作停頓後，用下沉的肯定句，放送安全感。

妳模仿莉莉的節奏，說給她聽：「妳知道嗎？咖啡可以讓腦內的多巴胺增加。睡前喝咖啡，絕對可以解決妳的睡、前、憂、鬱！」

不想她神回覆：「可是我不想解決妳。」

妳決定先好好睡一覺。妳們的纏鬥注定繼續。

3

昨晚不該喝咖啡的。睡到中午才醒，口乾舌燥、頭痛欲裂像宿醉，我從床上爬起，灌下一大杯水。若不是手機頻頻震動，我應該可以睡到下午吧？滑開螢幕，他遠行的消息傳開了，來自各方的慰問訊息，灌爆手機。

錯過三通葬儀社的來電。電話不通，對方終於放棄通話，改傳Line訊息。近年來，葬儀社也與時俱進，服務人員在Line上顯示的名字是Leo，大頭照裡的他挺直身子、露出燦爛笑容，五官卻被修圖軟體整得扭曲變形，又在身旁，貼上一句話：「祝你永遠平安幸福快樂。」

葬儀社文案讓我忍不住笑出來。說不定這句話，是壓垮駱駝的最後一根稻草，離職前憤而寫下，卻被留用的恨意。Leo的老闆John，鼻子被修圖磨平了，身邊也是同一行字。

祝你平安、走在路上沒被車撞、最好爛事都不要被抖出來……偶爾想罵髒話，卻不能說幹你爸的時候，祝福包裹詛咒，是我的私房問候。

現在我學會把祝福拉長，或許可以加重一點力道，祝你永遠平安，祝你寂寞的時候永遠都有人愛。但新的詞彙有什麼用呢？我甚至想不起來，上次詛咒人是什麼時候。憤怒太耗能，我寧可對人生際遇，無話可說。

手機響半天，Leo 不過是為了提醒我，記得在下午四點前，回傳告別式歌單。如果沒有提供，就放佛經襯底，不知道是不是我多心，Leo 的訊息有點訓斥意味：「其實不知道先生愛聽什麼歌也無妨。」

實情是他根本沒有聽歌品味，我聽什麼他就跟著聽什麼，擔心被識破、深怕跟不上流行。我不只一次跟他說，不要再學我了，別怕，不會被笑，就算被笑又沒關係。

只要繼續活著，我們終將領受時間的福澤，為歷史的光暈籠罩。

他最喜歡的城市少女和憂歡派對，經時間催熟，成為台灣的偶像少女始祖。對新一代文藝青年來說，這些陌生的名字，遠比隨便一個獨立樂團，都還要新潮。我曾建議他把〈新年快樂〉設定成手機鈴聲，當前奏響起，同年人會感慨「是青春啊好懷念」，他大可以這樣接話，對啊而且蘇有朋都會轉錯邊喔超好笑。

活下來的人未必快樂。

看似活潑的歡歡，熬不過憂鬱症，自殺了。

況明潔的海報，仍貼在他書房牆上。近幾年她把自己活成「不老女神」，上節目和李昂對談頂客族心聲，節目標題下得聳動「慾火焚身排卵、況明潔飢渴撲倒老公拚受精」，影片底下的留言，除了感慨還是感慨：「仔細看，她真的老了，脖子一堆皺紋。」

※

告別式音樂還是放佛經吧。

訊息送出，Leo 馬上已讀，秒回確定嗎，您要不要再想想？很快丟來一份告別式推薦歌單，要我慢慢考慮。我懶得點開，在已讀之後、計時十分鐘，再回覆：「抱歉，他對音樂真的還好，就這樣吧。」

剔除個人性，也算是尊重遺願。

剛拿到教職那一年，他和十年沒見的老同學相約，對方說要請吃飯，慶祝這件大事。實際見面那天，問候彼此近況，酒酣耳熱之際，聊起哪個朋友意外走了，感嘆人生無常。老同學竟從背包裡，拿出一紙生前契約，買儀式包接送包靈骨塔，除了自用還能投資，不想賺錢還是可以買靈骨塔捐窮人積陰德。

想也知道那是詐騙。

他半醉半醒地簽了，心裡的感慨又多了一層，昔日老友竟賣起靈骨塔，簽約是給他最後的支持，此後應該不會再見。不可能履行的生前契約，卻煞有介事的要他規劃喪葬細節，包括告別式歌單，他一律填寫「沒有特殊要求」，拷貝一份給我參考。

不知道是不是出自愧疚？匯款後他帶我四處看車，最終買來一台二手車，送我當紀念日禮物。我已經很多年沒有開車了，有駕照卻不敢上路，他把副駕裝上剎車，讓我回憶開車的感覺。

那天他突然爆衝，我急踩剎車，他卻要我放輕鬆，看他表演，在車流湍急的高架橋下加速。我嚇出一身冷汗，要他停下來。那時他說的話，倒很有哲理，讓人放心：

「別擔心，這台車很堅固，妳只要把視野放遠一點，就不會怕了。」

「但我還是會緊張。」

「那妳可以把眼睛閉上。」

終於換我把這句話還給他。

人生最後旅途，請他放心把眼睛閉上，讓菩薩接引回老家。

我羨慕他的虔誠，初一十五吃素，每天早晚都燒香。公公離世、婆婆生病後，由他主導祭祀，他把公婆嫌麻煩、改掉的例行儀式，都撿回來了。反正供品不是他準備的。

逢年過節，我把三牲煮成披薩或通心粉，拜完後丟烤箱焗烤，省得麻煩、飯菜冷掉。偶爾想吃好一點，買烤雞或紙包魚，煎一份蘋果腰內肉排，靜置十五分鐘，恰好是燒香時間。

他曾和我抱怨，拜拜不該煮這些。他懷念童年時，爸媽生火起大灶，大鍋煮白斬雞，大火炒五花肉，燒糖醋魚。愛到卡慘死，他也只抱怨過那麼一次，我又沒有兇，只是淡淡地告訴他：「有意見自己煮，不然另請高明啊。」

小時候，家裡的飯菜，都是母親在張羅。廚房動線不佳，冰箱離爐台極遠，母親總要我守在身旁，幫她「跑腿」拿蔥或醬油。別小看一步、兩步的距離，煮大桌菜，光是逐一把食材從冰箱裡找出來，便很累人。蹲低身子拿碗盤也是，某年除夕要煮三十人份的菜，大腿的痠痛程度竟不下深蹲。

我喜歡看母親煮菜。她習慣先把油燒熱、蒜頭爆香，在丟入食材攪拌後，倒半杯水、蓋上鍋蓋，讓食物慢慢悶熟。母親做的菜格外溫柔，地瓜葉軟嫩卻不失鹹香，金針花炒豬肉的湯汁，燉煮特有的味道，常讓我忍不住舀了一匙又一匙。

為數不多的殘存記憶裡，偶爾父親心情好，我記得也就那麼一次吧。他要母親放下鍋鏟，由他掌廚，演示高超的廚藝。

其實無所謂廚藝，父親切菜備料都慢，唯一差別在他放的油多，開大火快炒。他得意洋洋地說，你們看這樣煮很快吧，青菜特別翠綠好吃。母親頻頻點頭稱是、稱讚他好功夫，我不忍心戳破，也不過三道菜，地瓜葉吳郭魚荷包蛋，他煮了兩個小時。

大火快炒、重油煙，煮完全身油膩，每天煮怎麼受得了。母親工作回來，根本沒有力氣揮舞鍋鏟，能用蒸的就不要煎，一律丟電鍋。等候炊熟的時間，可以稍作休息或處理其他飯菜，還不用清理鍋子，省時又省力。

少時我怎麼吃都不胖，近年來健身風氣漸長、資訊更流通，才發現母親的煮法最健康。營養師推薦的排行是蒸、烤、煎、炸，還有毒物專家推薦「半煮炒青菜」，少量的油和蒜頭爆香、丟入蔬菜和水燉煮……早在這些人成名以前，母親如此烹調，已有好幾十年。

但不論我如何模仿，都不能複製，煮不出母親的味道。

母親的溫柔，含蓄不容易發現，散落在鍋鏟之間，在悶熱、忙亂的廚房裡，被時間翻炒。仔細品嚐，也未必能參透箇中滋味，旁觀如我，摸過時間的邊角料，才終於懂得——母親特有的家常菜，學不來、也毋須模仿，於是我開始創造屬於自己的家常。

沒有大火快炒。

不要隨處可見的家常。

我自製辛辣醃料，浸泡平凡無害的食材。沉澱後低溫加熱，上桌前丟進烤箱，交給時間上色。舒肥的方法只有我知道，每台烤箱的脾氣都不同，我憑直覺操弄，作時間的主人，從容地牽住時間的手，重新詮釋溫柔。

蟲蛀不穩的中式圓桌丟掉，換成方形的淺色餐桌，鋪上亞麻色純棉桌巾。缺角的老盤子、花色過時的碗，一併丟掉，換成整套的有田燒碗盤，在精巧的器皿上作畫。

他不喜歡也不能否定我的用心。哪怕我的家常很冷、美得幾乎沒有溫度，他仍在菜色上桌後，認分地拍照上傳臉書，把不真心的誇讚讓給不相干的路人來說：「哇，好羨慕，師母真是賢妻。」

婚後母親來吃過幾次飯，看我從烤箱裡抓出脆皮豬五花，她忍不住唸我：「簡單就好，電鍋蒸熟切片沾醬油，不是比較快嗎？」我假裝失憶，羞於告訴她，我只趁他不在場的時候，復刻我們的家常。

※

我從床上爬起，走進廚房燒水，為自己準備午餐。

冰箱的菜用得差不多了，剩下半顆洋蔥、一顆甜椒，還有一把豌豆。蒜頭辣椒爆香，倒入洗切好的食材、適量的水和義大利麵，十二分後湯汁收乾，一人份懶人餐，輕鬆上桌。

前幾天，繁瑣的代辦事項，常讓我誤以為他還在，不小心煮多了，只能整鍋倒掉。他是稱職的室友，總在我吃不下的時候，負責清盤。

但我不喜歡他吃飯的樣子，夾菜吞嚥的速度極快，毫不收斂的咀嚼聲，讓人煩躁。我常唸他，要他吃慢一點、小聲一點，他卻把餓鬼行為，歸咎於棲居在大家庭裡、和手足搶飯的童年，無辜地說：「我試過了，真的改不掉啊。」

人總有經時間和生活打磨，改不了的壞習慣。

有一次回家探望母親，我買了炒飯、餛飩湯和滷味，飽餐後鋪在紙盒底部，剩下的薑絲蔥花，全被她以竹筷夾起，包裹保鮮膜進冰箱。

不知道唸過幾次，節儉是美德，過度是惡習。她沒有要改的意思，我也不忍心苛責，她是這樣養大我們。經過大量相親約會、確定不會再婚後，母親把重心放回家庭和工作，沒有多餘的消費，就連衣服都算是奢侈品。

我不時猜想，貧乏的童年時光，會不會是他自己捏造出來的？

剛結婚第一年，婆婆身體硬朗，我們還住在台北，沒和公婆同住。他興奮地邀請我，經驗他的生活，就當是去鄉下玩。不到一個小時的車程，高速公路下起大雨，雨刷和霧燈失效，水花濺起，幾乎看不到前方的路。

為探聽路況，好不容易切到警廣，卻收不到訊號。天空不時被閃電照亮，僅僅那一瞬、又一瞬的白光，不足以照亮什麼，反而更顯朦朧。空有閃電，沒有人知道雷落在哪裡，像是盤旋在心頭的不祥預感，不知道何時才會落地。

雜訊裡，斷斷續續地傳來人聲，DJ早已報完路況，開始播音樂。

爽朗的女聲說，今天的主題是華語歌之「最」，歌名裡有「最」字的，當然不能略過趙詠華〈最浪漫的事〉。前奏被雨聲稀釋、幾乎聽不見了，主歌被訊號干擾，有一句沒一句，像是在玩克漏字。我和他在車裡大笑，笑聲被噪音覆蓋，我扯開喉嚨大喊：「會不會太荒謬！」

不要輸給雨。不要輸給風。

只要保持時速一百，繼續前進，我們終究會衝過這場雨。

我反而希望這場雨下不完。

在況明潔之後，趙詠華是他最愛的女歌手。而我早該警覺，他承諾的平等、民主和尊重女性，或許都是從把妹的兩性書籍抄來的。他讀過一點女性主義，學會抽換語言，以「結婚」取代「嫁娶」，那又怎樣，語言不能指向真正的理解。困在車裡多好，若不是這場雨，他不會知道〈最浪漫的事〉哪裡好笑。

婚後他露出馬腳，那天我趕著上班，麻煩他把烤箱裡的早餐拿出來。他把奶酥厚片端上桌，輕哼趙詠華的〈早餐〉，旋即又嘆了一口氣。問他在感慨些什麼？我得到語焉不詳的回答，省略主詞你我他的時代殺：「真懷念那個充滿柔情，女生就只是女生的年代。」

抵達他家的時候，地上不見雨的痕跡。

大灶的火早已燒旺，公公在庭院的蓮霧樹下抽菸，婆婆在廚房裡忙碌。偌大的房子有些冷清，他是家裡唯一的兒子，三個姊姊都在夫家。他把我晾在一旁，奔到婆婆身邊，摟住她的肩膀。她手拿中華大菜刀，吃力地分切料理好的整隻白斬雞，把其中一根帶皮的雞小腿，偷偷塞進他口中。

灶上的爐子裡，滾著他最愛吃的麻油雞。將近晚餐時間，是時候圍爐祭祖，婆婆要我幫忙調味，他們把備好的菜供上桌。我習慣吃淡一點，大鍋湯加兩匙半的鹽巴，攪拌後跟著端到客廳。

冬天桃園本就溼冷，他家又在山上，冷風吹得讓人難受。公公卻堅持要把大門、窗戶都打開，才不會擋到祖先的路。我搬演虔誠姿態，跟著拜菩薩，拜祖先。剛插完線香，公公便衝到門外抽菸，在吐出兩口氣之後，斜眼瞪我：「妳毛帽怎麼沒拿下來？」他跟著幫腔，對耶我忘記提醒，妳這樣對神明不敬。

我背負罪孽，重新加熱冷掉的飯菜，收拾多餘的碗盤。冰冷的水，洗不去油漬，把我的手泡出紅斑。公公路過，提醒我要開熱水，才能洗得乾淨。我還來不及調整水溫，他便把水龍頭轉到底，滾燙的水吻上凍傷的手，再會裝沒事也忍不住淚流。

終於把廚房收拾好，他悠哉地晃過來，問我：「怎麼還不去吃飯？我們等妳很久了。」

他家大門沒有鎖，睡覺時才拉下厚重鐵門。準備盛飯的時候，不知道哪來的阿公，走進客廳朝公公吐痰，被他轟出門。婆婆說那人住在隔壁村落，每年都來拜年、罵一串髒話，今年大概是嘴巴爛掉，發不出聲音。

鄰居的小孩跑來前庭玩甩炮。在鞭炮聲裡，四個人圍著圓桌吃飯，反而更寂寞了。婆婆嫌吵，受不了小孩的尖叫聲，要他往別處去，公公卻露出慈愛表情：「他的聲音高亢有活力，家裡就是要有小孩聲音才熱鬧，感覺很好。」催完婚還要催生，就算不搭話，他們也沒察覺凝結的空氣，繼續扒飯。

公公喝一口麻油雞湯，臉色大變，湯怎麼是苦的。

婆婆沒接話，他大笑搶答，哈哈她沒常識啦，煮麻油雞加鹽巴。這件事他常拿來說嘴，偶爾我和公婆有爭執，他總要我把他家當自己家，大小事都別放在心上：「第一年除夕，妳在麻油雞裡加鹽巴，他們也沒說什麼啊！我爸還不是笑笑的，他脾氣很好啦。」

我始終沒有告訴他，在調味以前，那鍋湯早就壞了。只要適量，鹽的作用，是把料理變得鮮甜。麻油雞會苦和鹽一點關係都沒有。或許是婆婆在煸薑時不小心出了神，不知道神遊去哪裡。油溫太高、麻油變質，也就壞了一鍋湯。

他吃的麻油雞都有加鹽。

我沉默笑看他吃得一臉香。

※

吃完飯、收好廚房，換下睡衣，走一趟殯儀館。

供在他照片前的飯菜換新了，或者沒換，其實我也看不太出來。

喪禮是生者的演出，我要是最優雅，最美，識大體的寡婦。我脫下帽子，雙手合十，練習哀傷的表情。身體微微向右傾、左手插香，歪頭凝視照片兩秒、縮下巴，眼睛往上看。奧黛麗．赫本有她的角度，我也有我的，左臉比右臉好看。

系辦打電話來，負責聯絡我的是信恩姐，陪他去學校辦事時見過幾次。她的時間被雜事塞滿，攬下所有行政業務、還要張羅同事的便當，卻總是面帶微笑，和每個人話家常。

有一陣子，新上任的系主任吃素，會議便當都是素食。他只吃肉、不愛吃蔬菜，拜託信恩姐幫他買雞腿便當回來。越來越多老師，跟隨他的腳步，掀起「雞腿革命」，絲毫不怕人家麻煩。

麻煩又沒什麼，他說人活著注定麻煩彼此，互相幫忙、善意不斷疊加，情感和默契便是這樣累積而成的。我羨慕他可以放心往後倒，全然相信被誰接住，頻頻接受他人的善意，不會感到一點愧疚。

他上有三個姊姊，姊妹故事差異不大，她們都只讀完國中。

大姊溫柔敦厚如母，畢業後率先去做女工，補貼家計。在快升上組長的時候，斷然離職，嫁給半身踏在棺材裡的螺絲廠老闆。婚後辭去工作、隨先生移居異地，每個月偷偷寄錢回家，供他讀書。

二姊自小便很務實，遵從父母心願，和附近的地主結婚。公婆希望她修練脾氣，要她心胸寬大些，包容姊夫養小三，不過問感情爛帳。某天她精神崩潰、忍到快受不了，不能口出惡言，便割地買大樂透，甚至自組地下六合彩。

三姊不要飄渺未來，和將去台北讀大學的青梅竹馬含淚分手，嫁給鄉里一致好評、腳踏實地的水電工。沒想到婚後他不顧家庭，甚至不工作了，整天窩在房間看電視、打瞌睡。為照顧小孩，她辭去本來的電鍍廠工作，改在自家客廳賣早餐、炸肉圓，扛起一家生計。

長姊如母，他常說，姊姊是生來給弟弟盧的。

幾次陪他回桃園，他輪流去二三姊家吃飯，連伴手禮都是我買的。如他最愛掛在嘴邊的「結構」或「別凡事歸因在性別」，姊姊們欠栽培都是時代的錯，他也很無力，不能怎樣、也無須補償。

他曾和我討論過，三個姊姊，誰的生活最幸福？他認為三姊過得最好，不用和先生伸手，靠自己賺錢，經濟上最自由，是「女性賦權」的展現。生活裡的大小事自己決定，還可以大方拿錢回娘家，在爸媽生病的時候支付醫藥費，姊夫都不會過問。

他似乎習慣手心朝上。公婆生病那幾年，三姊每周買來大量的肉菜，在塑膠袋裡大把蔥底下塞千元鈔。她甚至幫忙管理，公公留給他的另一棟房子，收完房租、每個月拿來給他。我看不下去，要他和姊姊們平分，他說蛤為什麼，那棟房子本來就是他的。

要我說的話，三個姊姊都不幸福。

我只慶幸，比她們晚十幾年出生，還生在台中舊市區。自小母親便希望我能考上大學，最好是外文系，聽隔壁阿姨說可以跟醫學系聯誼。隔壁阿姨的弟弟是外科醫生，把外文系花娶進門，他賺錢沒命花、她每天穿漂亮洋裝出門血拚，她們說：「她才是真好命。」

不知道信恩姐有沒有感覺好命？

信恩姐和三姊的年齡相仿，她們都習慣手心朝下，差別只在做早餐或坐辦公室。有經濟能力又怎樣，能力越強、責任越重，她們要照顧夫家自己家，還要支援娘家。初次和信恩姐見面，她趕著下班去醫院送餐，還要跑高雄療養院一趟。問她老公呢？早就下班了，他去找朋友打麻將。

在電話裡，信恩姐如往常親切，簡單慰問後，麻煩我跑嘉義一趟。她很抱歉地說，有一些表格要填，還有他的個人物品待整理。他研究室的書，塞滿整面牆的書櫃，其餘放不下的，被堆得滿地都是。

我本就打算在結束後，去嘉義的房子住一陣子。提早去也好，盡可能不讓信恩姐困擾。告別式在後天，我決定待會就啟程，兩天一夜應該不至於太累。

走出殯儀館，涼風吹得裙襬搖曳，突然有點度假的心情，不愧是我最愛的百褶裙。

※

買杯咖啡，隨手抓幾件衣服，開車上路。

蜿蜒的山路總有盡頭。駛入平地，市區塞車半小時，終於上匝道。

每次開高速公路，我常想起母親的教誨，她說不要開車，不如被載得人疼。父親走後，旁人都勸她把車子賣掉，她卻捨不得。寧願接很多份工作，犧牲生活品質，也要保住那台車。新的男友教會她開車，分手後拿到駕照，她從副駕移到駕駛座。車上禁止說話，倒車不時尖叫，要我和弟弟趴下。

我對車沒什麼研究，卻記得那台車，是原廠手排，黑色長方形 bluebird。

在父親之前，不知道轉過幾手，開了好幾十年，只有冷氣和車窗遙控壞掉。車牌是 7413，被我拿來當作提款卡號碼。母親不喜這組數字，74 是去死，13 是福分耗盡，隨著尾數變小，越活越薄命的人生。

成年後，我把第一筆存下的錢，拿去報名駕訓班。腳踩踏板，手握方向盤，試圖微調母親的人生。她卻咒罵一頓，把我從駕駛座趕走，要我把報名費吐出來。

行經台中，如常的陽光燦爛，我放下遮陽板，一路往南。

太陽把車窗曬得溫熱，我打開廣播，驅逐萌生的睏意。陌生的旋律響起，滄桑卻厚實的女聲，使出全力歌唱。直到DJ說話，我才得知，原來歌者是趙詠華，她的歌聲完全兩樣。談過轟轟烈烈的戀愛，結婚又離婚，她終於脫離憂鬱泥沼，全心投入音樂劇，迎接人生的下半場。

在bluebird老到不能再開、宣告畢業以後，弟弟購入二手的三門K6，把母親趕到後座，載著她去跑山。車牌的尾數是8和9，第二台車如第二人生，運勢就此開高走高。

隔壁阿姨說，母親是越老越好命，要開始過好日子了。老公主笑開懷，某年中秋節，搭車奔上甲仙，買回一大盒芋泥餅送她。其餘散裝點心分送給鄰居，唯獨忘了女兒，反正女兒不會在意。

抵達嘉義，天幾乎黑了，我開下交流道，到市區吃飯。

他最愛的咖哩飯早就賣完了。我們常光顧的日式蛋包飯，幾年前說要去日本學藝，公告後便沒有再開。我隨便找一間雞肉飯，外帶飯盒和半熟蛋，停在公園旁慢慢吃，不想就這樣撞見嘉義傳奇。

在我正前方，停著一台賓士，車牌是1122。

他曾和我說過，如果在嘉義看到1122的車牌，切記閃遠一點。相傳車主是有百億身家的地下首富，長年在博弈業耕耘，地位堪稱台灣教父。不只車牌，就連門牌也是1122，這組數字是愛人的生日，為他鍾情。教父生活低調，卻不吝於示愛，不知道愛人會不會覺得困擾？若傳言為真，全嘉義人都知道了，他的愛人是天蠍座。

車門開了，天色昏暗，看不清楚他們的臉。男人從駕駛座走出，為女人開車門、牽起她的手，並肩走進公園。或許這是母親對婚姻的願景，我不介意以肉身示範，交付自己的人生，一圓她未盡的夢。

婚後第三年，我辭去工作，只在閒暇時打零工，如她所願，過「手心朝上」的生活。載母親去百貨公司，刷爆他的卡，她喜歡什麼就買，有選擇障礙就包色。她說不要討債啦，嫌東西不值得、買貴了，還是開心地收下。

某年母親節，我們帶她去吃大餐，餐後他先離席，放我們母女去血拚。母親說，她什麼都不缺，他的錢妳不要亂花。我照樣拿出他的信用卡，要櫃姐幫拿兩盒她中意的口紅組，我想和母親擦同款顏色。

她不悅地皺眉，我搶在她抱怨前，開口說話：「媽別擔心，那些錢是他欠我的，真的沒有討債。」我掀起裙襬一角，秀出大腿的瘀青。前天我把婆婆從輪椅抱起、為她清潔身體，踏出浴室時不慎摔倒。公公力氣不夠、他工作忙不在家、看護還在受訓，我獨自一個人，幫婆婆洗澡、餵食、換尿布兩個月了。

我以為母親會說，那又沒什麼，妳自己摔倒的。她為人妻時，不只公婆，還有兩個小孩要照顧。安分做完所有事情，還要忍受無端的打與罵，她沒有跌倒的本錢。然而，母親沒有說話，她從口袋裡拿出一條瘀青軟膏，塞進我的包包。

到家我才發現，軟膏早就過期了，沒有使用過的痕跡。扭開蓋子，清涼氣味依舊，讓我想起弟弟車上，只要母親也在，空氣裡常有一絲洋甘菊的香氣。或許瘀青軟膏，是她的淡香精，但母親想喚醒什麼、又何以留戀那段記憶，我始終沒有追問的勇氣。

我把瘀青軟膏收進醫藥箱，從中拿出另一個私藏寶物，過期的雙氧水。當時藥師早已不願意賣雙氧水了，他們說殺菌都是假的，不如洗白藥水，貼人工皮。我趕在它停賣以前，硬囤五瓶回來。

兒時母親為我擦藥，她一邊罵我惜皮、一邊要我深呼吸，在傷口上倒一滴雙氧水。劇烈疼痛，白色泡泡冒出像雪碧，在泡泡逐漸乾掉後，灑上廣東苜藥粉，完成消毒的壯舉——雖然現已知道無用。

你們誰沒受過傷？小鐘穿著黃色西裝外套，上電視宣傳藥粉的好。廣告的開頭便是這句話，你們，誰沒受過傷，語氣輕盈無比。

拿出指甲刀，我割下指甲旁的肉，點上一小滴雙氧水。如母親所說，省著點用，不要討債。假如消毒沒用，那痛是為什麼。我任由泡泡乾涸，假想好的壞的細菌，都被殺光了。

後浪推前浪，泡泡死在沙灘上，指甲是扇形的潭，我便是造物主。

※

此刻，我終於抵達嘉義的房子，那是一棟老舊的大樓，在公園附近的巷子裡。住戶幾乎都是老人，地下室車位可以隨便停，沒有特別區分是誰的。電梯門開了，這時間只有我搭乘，晃蕩的直達車，慢悠悠地把我載到四樓。

插入鑰匙，轉開層層的鎖，他的鞋子散落在玄關，沒有一雙放在鞋櫃。反正遲早要丟，我無視髒亂的區域，走進客廳，他的外套倒是整齊地掛在牆壁上。

我把水龍頭打開，讓髒水流完，檢查浴廁，按下馬桶的沖水鍵。推門走出陽台，外面似乎剛下過一場雨，路燈全暗了。空氣中仍有雨的氣息，烏雲卻早已散去，月亮和星星探頭。

兒時我喜歡仰望星空，把點和點之間連成線，勾勒出圖像便激動不已。如今我被人生的下半場迎頭趕上，再度抬頭望，星星從來都只是星星而已，不存在任何意義。沒有意義正好，我得以全心觀賞，把繁星收進眼底。

望著星空發呆，直到弟弟打電話來。很久沒說話了，他向來不擅長表達，簡單問候妳吃飽沒?背景音是流水聲，他是趁妻子梳洗的空檔，打電話吧。她對母親很好，對我卻有莫名的敵意，不樂見我們聯繫。

討厭一個人或許不需要什麼理由。母親也不喜歡姑姑。

童年時的環島之旅，其中一站是遠嫁花東的姑姑家，她勻出空房讓我們休息。夜已深，來不及走到房間，父親倒在客廳的沙發上，大聲打呼磨牙。母親想為他披件外套、試圖喚醒他，卻被姑姑阻止，放他一個人在客廳睡。兩個女人就此結下梁子。

我決定長話短說，我早就吃過晚餐啦別擔心，告別式都是他同事、你們都不認識、沒有同桌的人，放假在家休息吧，不用來真的沒關係。

水聲漸弱，我知道弟弟該掛了，她渾厚的聲音，顯然很有存在感：「欸，我的毛巾咧？」沉默兩秒，我很識相，趕他去忙要緊的事。說再見以前，弟弟難得吐出關心字句，他說：「姊，妳保重喔。」嗯，好啊，你們也是。按掉電話，突然有點惆悵，弟弟也被時間刻成不熟悉的模樣。

走回客廳、打開冰箱，沒有殘餘的食物，但有兩手啤酒。

不知道囤啤酒幹嘛？他酒量不好，喝一口臉紅，喝三口就倒。

我總覺得容易臉紅的人，太輕易暴露自己，弱點全長在臉上，不適合喝酒。但他喜歡招待朋友去酒吧，談酒如談咖啡，以知識展演品味、擺弄做作姿態，再以安全駕駛為由，把眼前威士忌推給我。我從來不會臉紅，頂多在手臂內側，生出一點紅色的酒疹。樂於把他的難一飲而盡。

梳洗後，我從冰箱裡拿出一瓶啤酒，打開筆電，播放浮現在腦海裡的歌。

久違地，動人歌曲不再是顱內派對，破爛客廳是我的私人舞池。我把音量調大，無視敲門的隔壁鄰居，從豬頭皮的〈外好汝甘知〉，一路聽到 Why Not 的〈無法度按捺〉、小安的〈浪費愛情〉……

但願這些音樂人不要恨我。

沒有要比拚品味，也倦於爬梳樂團歷史，意義全失的此時此刻，我只想把自己交給酒精，漂浮於音符之上，隨意擺動身體，什麼也不想。

4

天色微亮，樓上的鄰居在吸地板，掃除一夜狂歡。

妳從沙發上甦醒，拾起散落的啤酒罐，把客廳恢復原狀。妳沒有消失，只是逐漸與她合為一體，敵我不分。誰是本來面貌？凡所有相，皆是虛妄。妳寄生於傾斜的日常，幅度非常輕微，幾乎沒有人發現。

散步到附近的早市，點一碗牛雜湯當早餐。

若他還在，他總是對妳的選擇，報以鄙視眼神。他不吃任何臟器類，包括雞頭、雞屁股或豬頭皮。臟器類好吃在哪，他既愛嫌，又兀自代言：「我們北部人不吃這些，從來都是丟掉。」妳偏愛把雞頭咬開，拿小湯匙挖出腦髓，沒有一點浪費，在心中虔誠默念：「謝謝祢的無私貢獻。」

老闆娘把牛雜湯摔到桌上，手指向不鏽鋼大茶壺，提醒妳湯不夠可以自己加。茶壺是近年來才出現的，這間店的員工，從前都是手拿盛滿熱湯的水瓢，在桌邊巡視，自動幫客人把湯補滿。如今她們髮都白了、手舉不動了，妳對眼前這碗甘甜的牛雜湯，心存感激。

妳特別喜歡臟器類的軟嫩質地。帶一點腥味也沒關係。

遙想很久以前，婆婆剛出現失智症狀，某天公公和他出門掃墓，她神祕兮兮地，從廚房裡端出一大鍋麻油雞佛。燙兩把麵線，妳們當餐把雞佛吃完，神聖的最後一顆，妳拿出湯匙截成兩半，分別夾進婆婆和自己碗裡。

她大概把妳誤認成女兒，笑眼藏不住默契。

※

回到公寓，他的書散落在各處，妳把它們一一拾起歸位。

他在嘉義的藏書都是詩集。套一句他常掛在嘴邊的話，他是在以身作則，告誡學生閱讀的重要性。他明明讀不懂詩，卻喜歡購入詩集。只要在書局裡，看到沒讀過的書，他一律買回來，逐字逐句要妳分析討論。

妳不喜歡無聊的解謎遊戲。只好在他翻開書之前，去庭院裡摘花，重重地夾入書頁。他對著玫瑰花瓣大聲嘆氣。花草的汁液，把白紙染成淺淺的黃色，卻蓋不掉黑色的字體。他把被妳染指的詩集，全部打包去嘉義。

乾燥花仍被壓在書頁裡。那些書沒有翻過的痕跡。

他讀書習慣有點粗魯，看到重點金句，總會大力摺頁、螢光筆畫線。妳忍不住唸過幾次，另作筆記、貼便條紙都好，又不是沒有解決辦法。他嚴肅抗辯、談論書籍的使用方式，竟像是在說A片連結：「這都是為了研究用途。」

妳看書很少留下記號，就算認真註記，字句仍在書頁裡漂浮，重看都像是新的。若記憶只存在當下，妳另撕一張白紙，以鉛筆複寫重點，寫完就丟、丟了又寫……直到頑固的鉛字，從指尖流進心底。

突然想起幾年前，你們為某個女孩大吵，妳要他滾出她的生命，還妳們心靈純淨。妳吵架從沒輸過，那次爭吵，他卻異常地堅持。婊子這類詞彙都出來了，卻遠不及他的指控重擊妳心、妳幾乎不能反駁，他的語言在那瞬間，生出一點文學性：「妳觸摸她的心，卻不想留下證據，不是賤人是什麼。」

其實妳也不知道，他所謂感情證據，究竟指向什麼？

他給得起的，不過是一束玫瑰花，一盒巧克力，一趟三天兩夜的小旅行。他甚至沒興趣讀妳們的信、懶得理解眼前的女孩，但妳是他們關係的共犯，沒有譴責立場。他沒有說錯，妳確實是賤人，妳錯得離譜卻無法挽回。

還記得第一封信，妳複製貼上「二十一個小黃瓜比男人好」的理由，安慰她的小失戀。笑話看過就忘了，妳的字句未曾流進女孩心裡，她永遠不會知道，妳是真心感到男人不是必要。

頻繁通信後，她輕盈地揭露，如她所說，短短二十年內發生的事。那些對少女而言，過於複雜的心事，讓妳想起過去的自己——妳也曾渴望有誰來帶領，從遠方捎來暖心問候。妳要的不多，只要有一點關愛，便足以作為生之燃料，護佑妳成人。

妳寄出的字句不能阻撓他行動。但妳也不想什麼都不做，只是在一旁看他們去吃飯，徹夜講電話。沒多久，她搬進他的公寓，妳憤怒不平、要他還給她自由，他把妳說過的話，搬出來堵妳：「當初說好了，這是我的房子，和妳無關。」

講不過他、又不能和她坦白，妳只能把公寓布置得更舒適，上網訂桌椅和眠豆腐，確保她有空間讀書和安睡。就連盥洗用品、保養品和睡衣，妳都幫她準備了。妳甚至遠端遙控，要他帶她去百貨公司，購入衣服、鞋子和專櫃化妝品。他當然嫌麻煩，卻更怕妳生氣，反正又不用動腦，何樂不為呢？只要拿出信用卡，幫她提大包小包的回去。

妳盡可能讓她感到，這段關係，並非一無所獲。

偶爾她寫信給妳，抱怨「你」變了、痛斥「你」不懂她，她想談一場可以攤在陽光下的戀愛。妳不知道怎麼回信，或許也沒有必要，妳根本無從改變什麼。他堅持不帶她去逛夜市、不在任何公眾場所露面，不是怕影響工作，純粹懶得經營。

坦白說，妳寧願他瘋狂為她著迷。那時母親早已遠行，婚姻再沒有存續的必要。回想起來，那陣子妳幾乎荒廢生活，倒在床上一整天，不做家事、連飯也不吃，更遑論和他說話。說不定他是想藉她激怒妳，激烈爭吵，也好過把他視為空氣。

假如真是這樣，他的策略奏效了。惹怒妳的不是出軌，是他踐踏妳們的感情基礎，對女孩滿不在乎。妳要他簽字離婚，放棄無味的婚姻、放女孩自由，他卻哭著說自己最愛的人是妳。事到如今，他早已沒有勇氣，不想睜開眼睛，直視破爛的婚姻。

但除了愛，妳什麼都給了，這樣還不夠？

妳對他的自憐自艾自棄無話可說。

※

翻遍屋子，找不到她住過的證據。

他們分手後，她把空間還原得乾淨，連一根頭髮也沒有。她搬走那天，他去高雄參加研究年會，連續三天都有工作。趁他不在，妳偷走備份鑰匙，開車南下。抵達公寓，妳先在客廳坐了一會，畢竟她可能有東西忘了拿。確定她不會再折返後，妳走進主臥室，把自己放倒在床上。

聽說陽光的香味其實是塵蟎屍臭。她把整套床組都洗過，妳包裹在棉被裡，親吻塵蟎屍體。不知道她離開時懷抱著怎樣的心情？妳很想見她一面，哪怕是在電梯巧遇也好。即便在文字裡坦露自我，她仍是一張模糊的臉，漂浮的模樣讓妳感到不安。

她的聲音是高或低，她穿戴怎樣的表情生活，她是左撇子或右撇子，她曬衣時是不是需要踮腳……妳肉搜過所有社群帳號，資訊極少，她幾乎沒在發文，甚至沒有大頭貼，沒有清楚的照片。

妳要求他拍幾張照片，雙人合照也好，他拒絕反問妳要做什麼？

請別擔心，沒有研究用途，不做什麼。恐怕是偏見，妳只是覺得年輕女孩都該和莉莉一樣，如陽光隨四季輪轉，春天穿碎花洋裝去賞花、夏天穿比基尼去玩水……在鏡頭前擠出笑容，留存青春樣貌。

母親常說，年輕人不用打扮，怎樣都好看。但她根本不敢正眼看妳，不曾為妳打扮，沒留下一張照片。妳的容顏，只存在年輕歲月裡，獨自凝視全身鏡的每一個瞬間。

雖然在生活中，總會有一些小事件，讓妳得知他人的主觀評價，把自己歸類成「漂亮」那一群，妳卻不能再復返每一個時期，回望她稚嫩的眼睛，欣賞她被框在西瓜皮髮型裡，仍無法忽視的美。

他喜歡為妳拍照，上傳臉書給朋友欣賞。不管妳正在做什麼，他都蹲在旁邊狂按快門。沒人誇獎他的技術，他又偏愛tag妳、任妳的帳號被陌生人留言淹沒，他們恣意評價妳的長相（哇好可愛根本少女），不曾受邀也可以感恩讚嘆妳的廚藝（老師很有口福耶）……

奇怪的是，妳露臉的每一張照片，都是她第一個按愛心。

如果注定要被人凝視，妳不喜歡扭捏遮掩，索性把窗簾都拉開。放心裸體沒人要看，妳硬是比他早起一個小時，編髮、畫偽素顏淡妝，從衣櫃裡翻出優雅的居家洋裝。收拾雜物、製造恰到好處的生活感、把早已冷掉的早餐擺盤，等他醒來，假裝沒看到鏡頭，淡漠表情像是不經意被偷拍。

久違地，妳想起台中老家，有點年紀的老公寓。你們家在正中間，鄰居除了隔壁阿姨，還有另一戶人家。夜裡，妳常聽見移動家具的聲音，卻從沒看過誰走出門外。某天清晨，妳被吸塵器噪音吵醒，憤而走出門外，本想按電鈴大罵一頓，樓梯間的場景卻把妳嚇呆了——

隔壁大門敞開著，從室內拉出長長的延長線，接連三支電風扇，把風力調到最強，一致對準樓梯口。沒穿衣服的女人，坐在樓梯間，任由妳觀賞她的肌膚皺褶，每一吋下垂老肉，掉漆的指甲油。

她全身漲紅，快要不能喘氣，整個人像是隨時都要燒起來。電風扇不能解熱，她肥短手指緊抓著扇子，大力朝自己搧風，在深吸一口氣之後，抖動雙腿敲擊牆壁、打拍子，旁若無人地放聲高歌。

深怕驚擾她的時空，妳連忙躲進屋裡，確認母親和弟弟仍安睡，窩回床上，假裝什麼也沒有看見。那天妳睡到正午才醒，樓梯間的女人早已不見蹤影，像是不慎溢出的夢境。

從床上彈起後，妳推門出去，站在門口發呆，直到隔壁阿姨路過，夭壽喔她說。原來妳的胯下，汩汩滲出暖流，把淺色棉褲染成紅色。阿姨說，是「妹死」來啦，妳有沒有「蘋果麵包」？妳茫然地搖頭，她把妳拉進廁所，教妳衛生棉的使用方法。

妹死來的日子，妳總是渾身發熱、動彈不得，熱可可只會加劇疼痛，妳更愛把冰塊含在嘴裡降溫。夜裡盜汗時，妳常想起樓梯間的老朋友，難道她也是妹死來，或更年期嗎？不顧醫生建議，想念她的時候，妳頻頻喝冰水、吃冰淇淋，把冷氣溫度調低。

幾年前，因為婦科疾病，醫生建議把子宮和卵巢拿掉。妳以為火燒的噩夢，終於宣告完結。沒想到術後，妳住在婦產科樓層，隔壁床都是剛生完孩子的年輕女人。她們露出白嫩的胸、哺育孩子，妳的妹早已死透，下腹空空如也，和她們共處一室，卻沒來由地全身發燙。

妳要他正常生活，他偏要請假來陪病，什麼話題不聊，偏要和妳討論女性身體。時代不一樣囉，妳半睜眼睛，看他說得津津有味，他說現在的女孩子，拿起衛生棉不再遮掩。他樂見那些曖昧代號（妹死好朋友大姨媽蘋果麵包），成為時代的眼淚，月經才得以擺脫汙名……

要不是沒有力氣，妳實在很想回嘴，現在的潮流是棉條，或月亮杯。他讀過再多性別理論，經驗都不能跨越，妳寧願被婦產科醫生罵，也不需要他自以為是的憤慨理解。從小到大，妳都是光明磊落地拿出衛生棉，不曾躲藏。他開口閉口都是「汙名」，妳倒覺得，可愛的記憶被弄髒了。

兒時某次校外教學，遊覽車上，妳突然感到一陣暖流，連忙拍打隔壁女孩的肩膀，問她有沒有帶「蘋果麵包」。沒有刻意壓低音量，被前排的男孩聽見了，他立刻從背包裡，拿出可以吃的蘋果麵包，還附帶一條七七乳加巧克力：「餓的話，整包送妳。」

整車的女孩哈哈大笑，伸手分食麵包，逼他把零食倒出來。

對妳來說，蘋果麵包只是比喻，稱不上什麼汙名。如同你們後來都知道了，就連可食用的蘋果麵包，都只是比喻而已。蘋果麵包裡，沒有一點蘋果成分，就像是鳳梨酥沒有鳳梨，老婆餅沒有老婆，太陽餅沒有太陽。

貧乏的氣味，只要讓想像充填，便足夠甜美。

哪怕是在病房裡，妳不要素顏，不要她看見狼狽照片。

好在素顏霜就放在枕邊，妳趁他小睡時整頓自己的臉，隨手拿一本書，假裝認真閱讀。果然他又狂按快門、上傳雲端，她再度搶先慰問的留言，送出愛心。睡夢裡，妳幾乎汗溼全身，不能自已。

※

妳把房間恢復原狀，枕頭擺正、棉被摺好。整理是告別的儀式，道別的同時，約好日後再見。告別式後，妳應該會來住一陣子，處理遺物之餘，盤算老屋的命運。

在日光照耀之下，妳才發現，床頭放著一本詩集。翻開書頁，不想書裡夾藏著一塊手帕，那是妳偷渡給她的生日禮物。

手帕是妳親手做的，兒時母親教過妳車縫的方法。在家做代工那陣子，母親難得說起自己，無從分辨是玩笑還是真的？她的夢想是開服飾店，坐擁滿山滿谷的時尚衣物。

母親確實愛漂亮，在妳剛上小學的時候，便把妳拉去打耳洞。父親為此和她吵了一架，外婆也不開心，把迷信的話，碎唸整個星期：「妳要她下輩子繼續當女人嗎？」妳自小便站在母親那邊，哪怕根本不懂自己在說什麼，妳說：「當女人又沒有不好。」

於是早在妳成為女人、知曉世間險惡以前，耳朵便被打了洞。

無知能戰勝恐懼，朦朧的五感沒有名字，連痛覺都是中性。打洞的女人，甚至沒要妳深呼吸，只是問妳愛不愛漂亮？問完就打下去了，一點感覺也沒有。但母親不曾買耳環給妳，打洞時戴的小花環，是她留給妳最貼身的遺物。妳從兒時戴到成年，取下後放在塑膠盒裡，卻在搬家時不慎遺失。

在母親臥床、鄰近生命終點之際，妳租了一間小倉庫，放置她的衣物。那些衣服是妳買給她的，她嫌貴捨不得穿，大多只手洗過，或頂多穿過一次，便包進防塵袋裡。妳突發奇想，上網申請公司登記，挪用母親名字裡的「麗」作為店名，電話則登記妳的手機。

虛實交錯的服飾店，彷彿立於生死之間，這是妳試圖哄騙死神的把戲。妳甚至在住家的圍牆，刷上紅色油漆，渴望有誰來突破交界。幼稚的遊戲，沒多久宣告終結，妳鬥不過死神，母親的忌日竟是她的生日。

摺完蓮花，妳躲進那間倉庫，徹夜剪裁布料、車縫手帕。他堅持要在殯儀館守靈，比起虛無的靈體，妳更想把記憶化為實體，踏實地塞進誰的手心。妳摺疊手帕，跑一趟文具行，購入精美的盒子。還有空白的卡片，隨便他要不要寫，只要把手帕交到她手上就好。

打電話給他，請他走出殯儀館，在附近的百貨公司見面。

妳交出車鑰匙和手帕，麻煩他趕去嘉義，為她慶生。他不能理解妳的心情，他說，現在都什麼時候了？妳堅持不要他太累，希望他明白，告別是私密的事。直到看見妳的淚水，他才終於懂了，南下前硬是丟下一句：「我沒有不送丈母娘喔，都是為了顧慮妳的心情。」

他的丈母娘躺在冰櫃裡，若她在地下是真的有知，看女婿為情人奔向嘉義，會不會稍微懷疑婚姻的意義？

在母親倒下的前幾年，她常抄寫《心經》，見面時交給妳整疊簿子，要妳拿去火化迴向。妳撒嬌要她一起去，騙她上車後，驅車到郊區的布朗尼工作室。那間工作室矗立在田中間，緊閉鐵門旁有一個紅色按鈕，上面貼著黃色的字條：「取貨請按兩次鈴。」

妳慫恿母親按鈴，她嘴巴上唸妳是詐騙集團，也還是按了。

鐵門緩緩拉開，有個穿著黑衣黑褲，黑髮綁低馬尾的女人，緩緩地走出門，請妳們進來稍候片刻。工作室沙發是白色的，鬆軟讓人淪陷，不願意起身。室內點著檀香，鬆弛心神後，母親打了三個大哈欠。全白牆壁上，掛著一幅大黑布，布上印有完整版的《心經》。

黑衣女人從冰櫃裡，拿出三個素樸的紙盒，那是妳預定的布朗尼盲盒。

返回車上後，妳打開紙盒，抽出兩片黑色塊狀物，塞入自己和母親嘴裡。拜母親之賜，妳仔細品味過經文。如果可以，妳也想無罣礙故、無有恐怖，但妳不能遠離顛倒夢想。與其說是布朗尼，口感更像是生巧克力，妳們在《心經》的加持之下，嗑掉一塊蘭姆葡萄，兩塊君度橙酒。

此時妳捏著手帕，不想兜轉一圈，它又回到妳手裡。

這是她刻意留下的，還是純粹忘了帶走，早已無從得知。隔天便是他的告別式，她是唯一有回信的女孩。信裡她很客氣地說，謝謝師母告知，她想來送老師最後一程。

妳期待又怕受傷害。不知道這些年，她有沒有穩住自己，有沒有長好，抵達更遠的地方。但又什麼是好呢？妳也說不上來，把自己活成莉莉那樣嗎？那樣能稱得上是好嗎？

這幾天，妳幾乎沒有時間，坐下來看莉莉的影片。她的影片標題，一再複製雷同的句式，內容也逐漸重複，沒有新意。那些影片，妳越看越乏味，莉莉的生活，和妳有什麼關係？

深吸口氣，最後一次，點開小鈴鐺。原來凌晨四點上片，並沒有發生什麼大事。最新的影片主題是「十個妳不該請前男友來參加婚禮的理由」，妳匆匆點開又關掉了，取消追蹤退訂，鄭重地告知演算法，沒有商量的餘地：這個頻道我不感興趣。

※

收拾行李，乘電梯到停車場，開車去學校辦事。

腳踩剎車、轉動車鑰匙，車子發動的那一刻，電子時鐘顯示，現在已是下午兩點半。妳沉浸在回憶裡，差點忘了此行目的。從嘉義市到民雄的路上，沒什麼人車，時間彷彿凍結了，安全島和紅綠燈，不過是琥珀的紋路。

快到學校的時候，加速前進，駛過長長的上坡。自排車的上坡方式，過於輕鬆、理所當然，妳突然有點想念母親的bluebird。停等於陡坡，重新起步的時候，它總會先倒退兩步。

那時幾乎所有的車都是手排。坡道上的車子，集體向後倒、再前進，加速駛回平坦的道路。前後相抵的那瞬間，像是把世界歸零，校準隱然的秩序。啟動的那一刻，似乎暫停了幾秒，又好像什麼都沒有發生。

手續五分鐘就辦完了，信恩姐不肯放妳走，妳便待在系辦閒聊。她轉身去茶水間，從冰箱裡取出巧克力蛋糕，為妳泡咖啡。咖啡喝起來有雜味，妳沒喝幾口便擱著，大口吃蛋糕，試圖蓋掉味道。

怎麼這麼突然、節哀順變，這類句子都沒有出現，信恩姐只關心妳的吃和睡。她輕捏妳的手臂，問妳怎麼瘦了，最好多吃一點。

妳低頭傻笑，不好意思和她說實話，其實妳沒有變輕，只是在他走後，妳更勤於跑健身房、練瑜伽。為了和她的初次見面，妳想讓體態、膚況都更臻完美，看來成果還不錯，努力沒有白費。

信恩姐一邊處理文件，一邊抬頭和妳閒聊，不知不覺間，便迎來下班時間。妳陪她關冷氣、巡視教室門窗，沿途妳不發一語，專注地聽她說先生怎樣，女兒怎樣。

這幾年她揮別長照的日子，原以為終於能放下重擔、展開笑顏，等著她的卻是屋子裡，先生和女兒的臭臉。在她沒發現的時候，他們早已暗生心結、不知怎地結下梁子，她怎麼死的都不知道。

信恩姐吞下委屈的情緒，和他們道歉、詢問原由，才知道這些年來，她一肩扛起爸媽公婆先生女兒，換來的全是怨恨。女兒恨她情感忽視，先生恨她鮮少在家開伙……她簡直裡外不是人。

但她也不怨他們，只恨時間太少、體力不足，每個人都需要她，她卻沒有另一個分身，不能滿足每個人的需求。為顧全大局，只能放任細節被扣分，當不成他們心目中滿分的女兒、媳婦、妻子、母親，她終究也只是一個人。

很想說點什麼，話好不容易到嘴邊，又縮回去了。信恩姐背負的遠比妳太多，不論生活如何磨折，她的愛似乎未曾消滅，狼狽卻耀眼的姿態，讓妳慚愧。好在她似乎也不需要回應，看妳安靜地聆聽，便很滿足。

鎖完最後一扇門，走出文學院，散步到停車場。妳陪信恩姐走到她的車旁，打開車門之前，她若有所思地看著妳，沒頭沒尾地丟出一句話：「妳什麼都不必說，其實我都知道。」

妳無從分辨，她是在譴責妳，還是責怪自己。

渾身起雞皮疙瘩，也不過三秒而已。

信恩姐搖下車窗，恢復如常的親切笑臉，在起步前和妳揮手告別。夕陽灑在車頂上，她打開廣播、放下手剎車，朝光的方向奔馳。後視鏡裡，妳逐漸消失在她的視域，被夜色凝縮成一顆小點。

※

妳想在嘉義多待一會，便走到寧靜湖畔，欣賞湖中倒影。樹林裡的黃燈，倒映在湖裡，看起來像是被摺疊過的月亮。隱約有種感覺，妳曾在夢裡見過這場景，踩著月光階梯向前走，不知道將通往哪裡。

現在是晚上六點，大學生們踩著腳踏車，滑出校園。遙想幾十年前的學生時代，妳也是沐浴在風裡，倚靠自己的雙腿前行。在人行道上騎車、走路，分心也不要緊，緩慢的速度，讓妳得以端詳行人的表情。

擁有四輪後，妳再沒有欣賞的興致，鮮少鑽入巷弄，就連停等紅燈也讓人不耐。

偶有涼風吹起，妳散步到附近的超市，沒什麼懷念情緒，更多的反而是納悶，以前怎麼有辦法提這麼多東西，走遙遠的路。窄小巷弄容不下四輪，但也有些地方，空有雙腿到不了。

何必留戀青春，是時候啟程。妳沿著寧靜湖，走回活動中心，踱步到停車場。在妳出神的時候，這裡或許曾下過一場無聲大雨，柏油路染上陰影、路邊燈火搖曳，在「啪——」聲後熄滅。妳發動車子，讓車燈照亮前方的路，引擎聲蓋過一百隻蟬鳴。

行經公車亭，恰好有一台從嘉義開往台北的客運，載滿乘客出發。妳緊跟在它屁股後方，駛出校門，繞過田間小路。據說這條路線的末班車，司機開車都是用飆的，從南到北不用兩個小時。

妳跟著它開上匝道，國道湧現下班車潮，它在外側車道，跟隨車流的速度行駛，卻不斷被後方的車超過。打左轉燈、重踩油門，妳切換到它不能進入的超車道，沿途超速、無視交通規則，把它連同所有車輛，遠遠地甩在後頭。

車過台中和苗栗交界，夜裡看不見散發危險氣息的火炎山，妳卻想起遠古時期，與惡地相比，過於溫吞的后里收費站。

那時只要前方有收費站，車流集體減速，妳左手握方向盤，右手捏起放在杯架裡的零錢或回數票。在通過票亭的時候，排入空檔，手動把車窗搖下，零錢從右手遞到左手，再放進收費員的手心，口渴還可以加購飲料。

妳沒有「摸手手」的嗜好，盡可能不要碰到。但不論如何避開，總會不經意碰觸誰的指尖，把陌生人的餘溫，牢牢地黏貼到方向盤上。駛出票亭，收費站頓時像極了賽車道，眾人時速從〇踩到一百公里。妳喜歡在時速過六十的時候，才緩慢地搖起車窗，享受一段與風同行。

收費站已成回憶，妳也是非常偶爾，才會突然想起。

廢棄的票亭，與妳全然無關，妳才願意仔細回頭看。大多時候，妳只想存在此時此刻，封印無良過去，不致被記憶的流沙吞噬。沒有人能倖免於時間，再堅固的物件，也將隨之風化，佚失於它的縫隙。

幾十年後，迎來eTag時代，有建好的票亭，在尚未啟用之前，便被默默地拆除。它也曾為誰抵擋過烈日，未必是人類，天佑誤闖國道的迷途貓狗，缺水渴死的無辜蚊蟲。

駛過下班時間，高速公路變得空曠。苗栗過去是新竹，再過去就是桃園。妳專注地看向前方，又補一點油門、加快速度，欣賞遠方的路燈閃爍，迷離如繁星。

偶有刺眼藍光，無預警刷過車頂。那不是計程感應架，對高速通過的妳而言，它是眩目的賽道霓虹燈，宣讀開始與結束。眾人被時間篩去，蜿蜒崎嶇的賽道上，獨留妳一個人，踩著光前行。

別去想明天的事，卯足全力超速奔馳，消滅過去搖晃真實。路人休想傳訊，手機早已是飛航模式，沒有一點風雨和異音。車窗緊閉，就連風的嗚嗚，都被阻隔在車外。

放心深呼吸、大聲喘氣，身在最安靜的所在，唯有妳鼻息逐漸清晰。

5

告別式結束後，我足足睡掉兩天，餓了起來吃飯，吃完又倒回去。

鄰居來按過幾次門鈴，我裝作沒聽見，安穩地睏在被窩裡，試著把過去都包裹成一場夢境。隔天傍晚，又有人來敲門。世間的人何以如此好事？門外陌生的男聲說，妳再不出來我要報警了。我拉起鐵門，乾乾地吐出，腦袋重新開機的第一句話：「怎麼了？」

太陽如常升起，陽光照射的幅度，隨著季節偏移。慘白牆壁上，映出庭院的樹影，影子隨風搖晃，晃到我臉上，像是罩上黑色蕾絲面紗。

我也很想知道怎麼了。他似乎不擅長表情管理，那瞬間，像是看到什麼妖孽，他支支吾吾地說：「沒事，抱歉打擾。」甚至連關懷的話都沒說，吝於拋出一句「請妳保重」，便倉皇逃開。

走回浴室洗臉，仔細端詳鏡中的自己。認真減肥是為什麼，不過是漏掉幾餐沒吃，臉部線條變得明顯，贅肉都消失了。母親曾說，女人臉要有點肉，最好圓圓的，免得太瘦顯得命薄。

我卻苦惱於眾人欣羡的娃娃臉。在三十歲後，嬰兒肥退去，遲來的女人味飄出。友人說我變好看了，究竟是哪裡變了，她們也說不上來。我欣然接受，那真的不是客套話，也覺得有點恐怖。待回過神來才發現，早在不知不覺間，整張臉已被置換掉了。

時間悄然無聲地走，輪到我親身經驗，何謂肌膚膠原蛋白流失、脖子和眼角浮出細紋……其實沒有什麼特別的感覺，年輕時斤斤計較的那些，也隨著時間溜走。我仍然愛美、喜歡看漂亮的女子，但此時此刻，凝視素顏的自己，哪怕證實老到一個程度，美頸霜、眼霜都沒有用，卻並不覺得難堪。

畢竟還要活，沒有迴避空間，抵抗無效也不怎麼辦。再不願意也只能把心靈雞湯吞下（愛自己、接納全部的自己），如孟婆湯飲入喉，把美麗年少的自我封印在前世，不甘心或彆扭都丟掉，越活越飄撇、瀟灑。

也許每個人終究會走到這一天。我開始預習年老模樣，學會欣賞下垂的胸部，即便是皺褶遍布的臉，脖子鬆如雞皮也很美。

拉下鐵門，轉身擁抱空蕩蕩的屋子，慶祝新生。我要活到滿頭白髮，髮量不夠就下山接髮，扮演惡婆婆形象。在大年初一，要散步到討厭的鄰居門口，加倍奉還，吐兩口濃痰，放鞭炮取代髒話……

闊無邊際的思緒，被手機鈴聲切斷。接起電話，是素真打來的，她在桃園車站，要我去接她。前幾天，在殯儀館才見過面，我還以為短時間內，不會再見了。她沒有說明來意，但妳不說我就不問，是我們的默契。

我換下睡衣，驅車去車站。

※

在駕駛座上，想起告別式那天，混亂像極了打仗。

他生命裡有過交集的人都來了。他們和彼此寒暄，拉著我訴說他的好。不管我想不想聽、同不同意，說到後來總是哽咽，以相似的詞彙結尾，好突然啊，請師母節哀。

有人提起他未盡的論述、來不及寫完的新書，和出版社編輯交換聯絡方式，自告奮勇為老師整理遺著。他的著作我沒有興趣。那人來要授權、要他電腦裡的文稿，隨便一個人來都可以，沒什麼好不同意。

取得家屬首肯、肩負重任的昔日門生，沉重地拿起手機，切換成前鏡頭和靈堂自拍。在殯儀館打卡，在臉書寫三千字抒情長文，把冗長文句，濃縮成動聽的結尾：「老師的遺志由我來完成。」那篇貼文，得到一千三百個讚、六百九十九次分享。

再忍耐一下，儀式結束就沒事了，就可以完全脫離他的人生。在談話中，我頻頻觸摸戒指，把自己喚回當下，確認自身存在。如何旁觀他人死亡，擠出豐沛能量，疏通陌生人的情緒，這是Leo的生活嗎？搜索他的身影，Leo站在會場角落發呆，從口袋裡拿出一盒森永牛奶糖，偷偷吞下。

說來慚愧，我從沒細看過Leo的臉，儘管他幫忙張羅各種大小事，我卻未曾珍重、善待他，好像他本來就該在那裡，如面貌模糊的大樓清潔工、超市的收銀人員，寂靜無聲地，維繫他人眼中理所當然的日常。

在一片哀戚的黑海裡，浮出晶亮的魚，阻斷突如其來的傷感，轉移將要把我壓垮的罪惡感。感謝她的出現，這是我第一次見到郁欣，剛走進會場，我便認出她的身影。沒有人和她打招呼，她也沒加入其中任何一群，只是在會場裡透明地行走。

不知道她是抱著怎樣的心情，前來參加他的葬禮？不能直接盯著她看，我以眼角餘光偷瞄，她身上那件洋裝是我挑的，墨綠色V字縮腰連身裙。我特別喜歡曖昧不明的顏色，乍看是黑色、細看則是墨綠色，在陽光下搖動裙襬，絕美光澤讓人精神一振。

綠色很襯她的膚色，不僅顯白，更顯優雅氣質。

但這件洋裝的款式，實在太正式了，適用場合並不多。我有點遺憾，竟然是在他的喪禮上，看見她穿這件洋裝。她根本不該出現在這裡。這年紀的女孩，應該花兩個小時給自己畫上整套全妝，戴上玫瑰金耳骨夾，挽起誰的手去聽音樂會，在SNS上hashtag 音樂會穿搭。

說不定她會嫌墨綠色太老氣。在街上走跳的女孩，身上都是帶點灰調的莫蘭迪綠。店家以「酪梨綠」勾勒清新、健康的意象，越來越多女孩上健身房，穿貼身的瑜伽褲，上山拍網美照。

捲土重來的流行，有嶄新的名字。當秋風吹起，Y2K風格回歸，軟萌女孩穿上泡泡襪，搭配瑪莉珍鞋。上身必然是寶寶藍針織毛衣，下著搭淺色碎花裙，把纖細的手包入杏色針織袖套，棕色的髮高高盤起，僅留一撮髮絲，本來平凡無奇的女孩們，頓時化身為慵懶千金。

然而，喪禮看不到這些，我無從窺探她的面貌。

那件洋裝不會退流行，我送她的服飾甚至化妝品，大多是基本款，用不著細心搭配，逐一穿戴便能走出門外。我的選擇無關品味，僅是出於非常私心的理由，妄想物質不滅，便得以遊走於時間之外，寄望貼身的衣物，能代替我保護她，陪她很久，很久。

我一廂情願的給予，會不會根本偷走、甚至扼殺了她的青春？走過那段日子，她學會安放自己了嗎，有沒有找到誰來愛？她的人生還長，死人不能說話，也無能再回信了。我的信箱從此空白、沒有新信件，她們的生活就此和我斷開，隨他入土為安。

她朝著我走來，我深呼吸、調整臉部表情，把握我們的第一次，也是最後一次見面。她會對我說什麼？話說回來，她參加這場告別式，又是想獲得什麼？我不介意她鬧場，把他做過的爛事都昭告天下，但我實在沒有把握，可以如她所願、如眾人所盼望的那樣，完美演繹受害者的角色。

看著她因為年輕，略顯彆扭的臉，我很想破壞成年人（明明已屆中年）自以為是的顏面，招認這一切。其實都是我不好，對不起，如果妳曾感到痛苦，都是我害的。道歉不能彌平傷害，只是在她心上再插一刀。不如將錯就錯，默不作聲地揹起傷人的罪，把純粹的傷害留給她，無須思及原因、不作任何心靈推理，才不至於感情複雜。

郁欣走到我面前，似乎想說些什麼，猶豫不決。我率先說話，省去自我介紹的艱難，把透明的她接引到人世：「謝謝妳來送老師一程。」她沒有多說什麼，甚至沒問起他的死因。

交談不到五分鐘，關於他的任何瑣事，甚至教學評價、學術表現，她不曾提起一個字。我用心傾聽，地毯式搜索語言背後的意義，什麼也沒有，她只是不斷重複相似的詞句：請務必保重身體、換季容易免疫力低下、最近流感猖狂要小心、要盡量吃飽睡好……

她一度伸展雙手，大概是想擁抱我，又怕尷尬而收回。我想起寫給她的信，信末的祝福語，簡短如公式般的字句，那都是真心。笨拙的關心，久違地溫熱我的眼睛。我把眼淚縮起，盡可能保持優雅姿態，回應她的好意。

時間差不多了，Leo 前來提醒，告別式走到尾聲，該往下一個階段去。我護送她到門口，從包包裡拿出一片榕樹葉，塞入她的手心，儘管我將逐漸變得透明。

※

桃園車站到了。遠遠地我便看見素真，左手提行李包、右手拿著手機，向我跑來。大學的時候，都是她來車站接我，為我放行李、戴安全帽，我常有種返家的錯覺。

我把車停好，打開後車廂，讓她放包包。她坐進副駕駛座，神情有些疲憊。我提議到附近的連鎖火鍋店共進晚餐，她仍在神遊，直到車開進停車場，才點頭說好。每次和她見面，幾乎都約在火鍋店，方便葷素需求。

不想她滑開手機，google 評價五顆星，參加打卡送肉活動。秀出身分證，要店員送來當月壽星的肉肉蛋糕，整張桌子都是培根豬肉片。她為我夾肉，也夾入自己碗裡，待盤子空了，才開口說話：「嗯，我可以吃肉了。」我保持沉默，讓素真把話說完。但她沒有想特別解釋什麼，便直接跳到話題核心。

素真慎重地從包包裡，摸出軟皺的樂透獎券，放到我手上。原來她每期都買，定期定額投資，沒中就當成是做公益。他過世那天，她突發奇想，把我的生日、我們的結婚紀念日、他的忌日……串成一組數字，拿去彩券行選號。

她把聲音壓低，這都是托妳的福，竟然押中頭獎，一注獨得。看到號碼開出，她便決定自廟裡逃出，第一時間打電話給我。我曾在百貨公司裡，看過出家人買勞力士、Sabon 磨砂膏、把停車場裡的保時捷開走，卻始終無法把那些身影和素真疊合。

素真中頭獎的衝擊，讓我想起兒時的環島旅行。在車上吃飯糰的時候，後座突然飛出一隻蜜蜂，牠停在手臂上，我嚇得把飯糰丟在地上，盯著滿地飯粒，動彈不得。除了恐懼，更多是難以名狀的情緒，在父親死後我才學會命名。

當時我感受到的是某種戲劇性，螫人的蜜蜂從電視螢幕裡飛出，如狂風暴雨降臨生命。過於真實，反而缺乏真實感，原來這件事，真的會發生。不，是正在發生，原以為走過童年，心驚的感覺將不再有，素真偏要這樣問我：「我可以跟妳一起住嗎？」

我沒有答話，低頭繼續吃火鍋，裝作沒有聽見。店員前來補湯，我把蔬菜都扔進鍋裡，人生有大半時間都在等待，很難說人是完全自由的。此時我卻把火力調到最小，小火慢熬，坐等盛滿湯和料的鴛鴦鍋，越滾越過界，看牛奶與麻辣交融。

吃完火鍋，我帶她去買盥洗用品，補滿日常衣物。就連不該買的也買了，她歡快地披著袈裟，購入三宅一生的包包，還有MaxMara的大衣。血拚返家後，我才把話說明白，我當然願意和她同住，卻不願在這棟房子生活。如她逃離寺廟，我也想逃離這塊土地，落腳別處，重新開始。

唯一割捨不掉的，是放置母親舊衣的小倉庫。我不忍心把沾過母親體溫的衣服，塞入舊衣箱，任由風吹日曬雨淋。素真提議拍賣衣服，串聯古著市集，把愛傳下去。我羨慕她的姿態，事不關己，便可以輕易說愛。

從來沒有人，對我真情流露地說過「我愛妳」，就算說過，我也感覺不到。因此我放棄追求字面上的意義，從行動裡搜尋感情證據。功過相抵是危險的，但我不能一輩子苟活於善惡之間，在愛恨兩端游移不決。我決定把立場站穩，練習放鬆，把自己打開。

他們不說，就由我說給自己聽，讓我來填補縫隙。

我是被母親溺愛的孩子，打罵是出於安心的發洩，撒嬌是她卸下母親的臉。有我在，她便得以放心往後倒，交出一切。人死不能復生、不能翻案，我的推理如此完美，毫無破綻——於是我終於也可以開口說愛。

※

如素真所說，在「把愛傳下去」以前，還是免不了等待。

等我把自己準備好，也等她的髮留長，再來考慮露臉、實體店面和市集的可能性。古著穿在少年人身上，品味反而得以彰顯，為蒼白生命裡，套上老靈魂般的濾鏡。穿在中老年人身上，倒顯得恰如其分，人和服飾緊密貼合，少有人注意到衣服本身。

少時我曾在公車上，見過精心打扮的老婦人。她穿著杏色刺繡襯衫、淺綠色碎花裙、墨綠色娃娃鞋，滿頭白髮整齊地盤起。眼鏡邊框是土黃色，搭配鵝黃色絲巾，隱去時間的紋路。她捧著一本書，專注的側臉很優雅，我卻按捺不住和她搭訕的欲望。

在車過三站後，輕點她的肩膀，委婉地告訴她內心驚嘆：「這些衣服是在哪裡買的？很好看！」現在想來，那句蹩腳的稱讚，還真像是直銷起手式。她可能常被讚美，沒有受驚嚇，謙虛地笑說：「謝謝妳，但我不記得了，這都是老衣服。你們年輕人才是穿什麼都好看。」

將臨的未來我也想成為那樣的老婦人。

我從母親的衣堆裡，挑出捨不得賣的，洋裝外套手帕絲巾各一件，收入衣櫃珍藏。人老到一個程度，或許都像是同一個模子刻出來的，我還是想在同中求異，更貪心一點，還要在異中求同。

屆時我要穿上整套服裝，胸前捧著母親的照片合影。跨時間家族合照，時間揉和臉的輪廓，我將在母親的眼睛、鼻子、耳朵，甚至眉毛裡，撞見無須刻意仿妝的自己。素真則配合我，挑出撞色的服裝，紅配綠連狗都臭屁，她說，這樣妳就多一個雙胞胎姊姊了。

這段時間，素真負責整理倉庫、整燙衣物，把待出售的物件發上ＩＧ。粉專開始發文後，追蹤數越來越多，古樸的名字「麗夫人服飾店」，意外地受年輕人關注。我們在平日發限時動態，露出襯衫，或裙子的其中一角。每周六的晚間十點，才正式發文，介紹本周新品。

素真寫的文案很受歡迎，服飾店招牌標語是「把時間穿在身上」，毫無邏輯卻非常浪漫。但她說比起文案，我的定價更浪漫，三萬大衣以三千塊賤賣，客人收到都說物超所值，只有經手的她心在淌血。

我倒有種莫名的虧欠感。不只收取她們的錢，還躲在雲端偷看，看這些把烏亮黑髮漂成粉紅色、紫色的少女們，身上穿著母親的衣服，搭配紅色馬汀或厚底Vans帆布鞋，抽著電子菸，在鐵捲門前蹲著拍照。也不只鐵捲門，我喜歡看她們穿著母親，品味不同生活，走往更遠的風景。

帶走雪紡棕色碎花背心裙的那個女孩，在兩個月後私訊小盒子，傳來好幾張自拍照。原來她穿著這件洋裝，接受第一本書的文學雜誌專訪，夜裡很感動想找人訴說。

另一個喜歡在個人頁面發長文的女孩，購入紅綠相間格紋魚尾裙，穿著它拍情侶照，hashtag 不婚不生、女性主義。也有人穿白色蕾絲洋裝，挽著先生和孩子的手，拍起全家福，若微笑都是發自內心，我樂於寄予無害的祝福，誠摯祝你們永浴愛河，幸福一生。

我分享她們的貼文，模擬時下最流行的「財哥體」，以刪節號稀釋過於澎湃的心情：「謝謝……水……水……麗夫人……愛……妳……」動動手指，釘選限時的青春姿態，在粉專頁面留存。

※

信恩姐再次打電話給我，要我返校一趟，協助清理他的研究室。

素真說要陪我，但我只想獨行，便以粉專不能停更為由，麻煩她留守桃園。她明知不合理，卻沒有和我爭辯，我們出門遊樂的日子，總是直接關閉粉專，就連尚未開張的 google 地標也改成「暫停營業」。

我很感激，素真在同住後，仍讓我保有私人空間，不刺探和他的事。早已成為過去的婚姻，就像是她的寺廟生活，那都是前塵往事，非必要無須過問。活著總有事正發生，我不是虛無，只是對現實採取務實態度。專注地活在當下，不在他人記憶裡，抓取無謂的鬼魂。

於是在服飾店開張以前，我又再度啟程，朝鳳梨田奔馳。入秋後，桃園開始吹冷風，下起綿綿細雨。車過台中，空中好像存在一條隱形的線，跨過它，雨瞬間停止，豔紅夕陽露出，灰濛濛的景觀被甩在腦後。

這趟遠行，不是為他的遺物。下交流道後，我直奔學校附近影印店，把躺在Gmail裡女孩們的信件，全都列印出來。大學路上競爭激烈，新開的影印店，老闆竟然兼職賣起大腸麵線。五、六台影印機，在同時間閃光吐氣，不存在碳粉和紙的氣息，被香菜味和蒜泥香壓過。

自助式影印店，客人動手自己來，印完找老闆算錢。影印不是他的工作，攪拌整鍋糊爛麵線，難道比較輕鬆？站在爐檯旁的他不怕冷，上半身只穿黑色吊嘎，爬滿精實肌肉的手臂露出。

我把抱在懷裡，整疊女孩們的纖細心緒，交到他手中，老闆掐指一算：「總共一百二十二塊。」他伸手接鈔票，筆直的手臂，恰好橫過麵線糊。風突然吹來，把滿室芳香推出門外，有學生探頭來買晚餐。他又伸手拿錢，我有種不祥的預感，疑心鍋裡會不會有腋毛掉落。

此時我已回到嘉義的老公寓，坐在客廳沙發上，翻讀整疊癡情的信，耽溺於女孩們的記憶。

妳不說我就不問，看似無情、實則有下一句，只要妳願意訴說，我必當專注聆聽，在細瑣敘事裡拼湊妳，把斷裂的聲音捏成人形。我想看妳懵懂地前進，動彈不得便把自我都刪去，倒退成嶄新的人，彷彿人生又從零開始，隨便妳要去哪裡。

早知道就不開電視，突來的車商廣告，打斷我的感傷。

睽違十九年後，桂綸鎂和陳柏霖，在螢幕上再度合體。他們開車四處遊蕩、如少時打鬧吃喝，我從沒料想過，從藍色大門走出後，孟克柔和張士豪會坐在 Volvo 裡，她說：「後來我們都沒有變成自己討厭的大人。」誰不喜歡 Volvo，莉莉婚後便誕下女兒，順勢接下車商業配，闔家開著它出遊。

但又何止Volvo，想要的還有很多，仍要繼續前行。

再下一個十九年，會是怎樣的風景？莉莉會走到哪裡？她女兒還小，不久的將來，不免對鏡頭生出反抗意識，為賺錢能不拍嗎？年紀更長後，發現影片裡呆拙幼小的自己，竟有六十六萬觀看人次，她會不會請爸媽把影片下架，要求被世間遺忘？

青春不能復返，兒時的我卻也沒想過，活過不惑之年，原以為已經逃得很遠、很遠了，纏繞的際遇竟把我帶回此地，頻頻往返父親火燒戀人葬身之處。現在想來，他抽菸的側臉簡直是憂鬱小生，環島旅行憶起曾深愛過的女人，似乎也是可以被理解和原諒的，人之常情。

這都要歸功於時間，我竟然也老過父親的年紀。

記不得父親的面容，他便得以還原成人，在故事裡長成英俊的浪子，難怪他曾讓母親癡迷。我常告誡自己，絕對不重蹈覆轍，千萬不可以活成父親的樣子，以我認為最好的方式，取代他，疼愛母親——但無論我把話說得多好聽，還不是同樣自欺欺人、在婚姻裡傷人（說不定他真是我害死的），還好我沒有兒女，沒有多生出一雙心碎的眼睛。

捏在手裡的信，是易碎的蟬蛻，女孩們朝各自的人生奔赴，早已不在這了。雖然有素真陪伴，我仍感到心裡缺一塊，這就是所謂的空巢期嗎？就連年紀最小的女孩，都已長大成人，不再和我報信了。

我從包包裡，摸出一支紅色原子筆，從文字裡圈起她們的軌跡，莉莉常待著K書的圖書館六樓、郁欣常去的咖啡廳……我拋棄字裡行間的情感，甚至忘記故事帶來的啟示或教訓，只是跟著她們的步伐走。

以火燒荔枝樹為起點，繞行中央噴水池，閒晃家樂福和文化路夜市。市區的林聰明砂鍋魚頭，在第三代傳人接手後，登上串流紀錄片，成為台灣的小吃代表。行經二二八公園，走過芒果樹和鳳梨田，散步到湖畔喝咖啡，去產業道路探險，有免費試吃的鳳梨酥，還有天然的果醬優格……最終我在深夜裡，走到學校後山，打火機敲出火苗，把信件都燒掉。

童年回憶不能消除，可是當我和她們的足跡重疊，卻逐步擴張記憶的領土。處處都有女孩們曼妙身姿，轉眼間，父親和他的身影便縮得很小。至少對現在的我而言，嘉義早已不是荒涼陌生的小地方。

※

南下任務完成。他的研究室清理完畢。

有工讀生幫忙，整理起來，不算太困難。紙本書全數捐給圖書館，私人物品打包丟掉，累贅家具留給系辦。看弱不禁風的妹妹，幫忙搬書、上下樓梯的時候，我心裡閃過一絲務實念頭，為什麼他不晚一點走？他曾說過，這幾年想把實體書都掃描成電子檔，奉行極簡主義的生活，才不會勞煩生者。

他說過的話，我總是聽過就忘，唯有這番話常在心中飄盪。但我忙於生活，無暇思及死亡的事，用不著素真來說，在第二人生啟程的時刻，我暫時不希望再聽到有誰死掉。

返回桃園後，服飾店暫停營業，我們把粉專關掉，出發去環島。

沒有時間壓力，沒有特別要去哪裡，沒有任何目標，只是隨意走走停停，像是沒有意義的公路電影。若景色讓人著迷，就停下來，打電話給附近旅館。住三天甚至一個月都好，把美景織入生活，看夠了再繼續前進。我想和她住遍每一個巷口，讓足跡遍布整座島嶼，四海為家，便消弭了家的特殊性。

我們甚至沒把行李箱裝滿，只帶上手機、錢包和貼身衣物，就出發了。其餘衣物和生活用品，都是到當地才買，鑽入菜市場或超市，觀察當地人如何吃穿。處處留情，走到哪裡，就變成那裡的人。

隨四季流轉、走遍整個台灣，素真的髮長及肩，時間讓人衰老之餘，還是會捎來一點好處。在環島結束以前，我拉著她去附近髮廊，如姊妹淘相約燙頭髮，浪費整個下午。學生時期，還沒做過的事，所有缺憾在這些日子，都補回來了。

等待時間太長，仍有好有壞，壞處是看似沉默的設計師，忍不住閒聊起來，問我們住在哪裡，從哪裡來？素真明明是土生土長的台南人，就連寺廟都在台南，卻以苗栗人自稱。原因無它，她迷上後龍清甜的香瓜，還有位在偏僻鄉間，隱身在柑仔店二樓的日式甜點。

登上雜貨店二樓，打開門，映入眼簾的是爬滿橘色花磚的地板。花磚綿延到牆壁上，老闆是返鄉創業的文藝青年，在牆上寫幾個字，提醒客人留心腳下，也表露他的心情：「總有一天，我們回家開店，聽海風在草叢窸窸窣窣、看火車一節節慢慢經過，有你有我的鄉下慢生活。」

繼續往前走，小巧精緻的花磚旁，有一片焦黑的牆，看起來非常突兀。翻開Menu，第一頁是空間介紹，原來在十多年前，雜貨店二樓發生火災，牆面被燒毀了。老闆花了一年多的時間整理，保留花磚和火燒痕跡，不願割捨曾經的生活記憶。

我答應素真，每到產季都會帶她回來，享用這裡特有的香瓜戚風。有你有我，就是我們——店家的標語俗擱有力，卻何嘗不是真理。

這趟旅程，有素真同行，我總算不排斥說自己是「台中人」，甚至「桃園人」。從前只想著逃離，現在我不僅由衷相信，也終於能臉不紅氣不喘地，吐出以這年紀來說，過於肉麻的情話：「妳所在之處都是我家。」

返回桃園，難得素真也喜歡這裡，我不再吵著要搬家了。

我們開車進市區，購入簡單的家具，妝點生活。紅磚牆頓時變得可愛，庭院裡的雞蛋花和蒲公英，摘來裝飾杏色百褶裙。服飾店重新開張，女孩們的訊息紛紛湧入粉專，要麗夫人講清楚、說明白，這段失蹤的日子是怎麼了？

文案交給素真，她在粉專上PO出我們背影的合照，大意是選物需要感性，麗夫人在衣櫥清空、靈光消逝時，會遠離網路，順便關閉粉專，出遠門追求靈感，結語自然是少女般雀躍的語調：「多層次穿搭的季節降臨，我和妳們一樣，已經開始期待今年的冬裝了！」

行銷奏效了，女孩們瘋狂下單，我仍負責回訊息，躲在螢幕後方，作最稱職的跟蹤狂。蹲在鐵捲門前的那個女孩，脫下馬汀、卸去濃妝，改穿深藍色雕花牛津鞋、鵝黃色洋裝，外搭白色透膚蕾絲背心。文學少女在睽違兩年後，出第二本書，卻轉而購入黑色皮衣和短裙……

我看得目不轉睛，粉專追蹤人數不斷飆升，就連莉莉也發現這間店，節目企劃寫信來問，有沒有母女裝的合作機會？

店裡沒有童裝，我忍痛拒絕，寄給她兩條喀什米爾的羊毛圍巾。她帶著圍巾去北海道旅遊，把另一條蓋在小女兒身上，軟萌蘿莉披著它沉入夢鄉。果然她發完限動，粉絲又暴漲了，客人的年齡層也隨之擴張。

素真曾在粉專貼文承諾客人，追蹤破三萬就直播，規劃實體店面。話不能亂說，免得騎虎難下，追蹤數來到二點九萬，我們認真上健身房、做瑜伽、每周做臉做

SPA，研究適切的妝容，為露臉作準備。

與此同時，寫信串聯大大小小的服飾店，聯絡旅遊部落客、ＩＧ網美、直播主和Youtube網紅，籌備古著實體市集……在活動正式開始之前，提早和客人告假（這次我們不搞失蹤了），外出休息一個月。

依約定我帶著素真，回到苗栗後龍，大食香瓜和戚風蛋糕。平日午後沒什麼客人，店裡靜悄悄的，幾塊蛋糕下肚後，濃稠的睏意襲來。素真累壞了，趴在木桌上沉沉睡去。我側身為她蓋上薄外套，發現她的鬢角，閃現出一絲白頭髮。我捏起那撮髮，輕輕地，把它藏到素真耳後。

海風吹來，此時我無暇思及時間、記憶或生命，只顧著呆看她甜甜的睡臉。直到皮包裡，早已切換成靜音的手機，突如其來地，開始震動。我摸出那片紫色的殼，走出門外，把電話接起。

後記

在大學時期便聽說，只要往鳳梨田上走，找到沒有光害的「垃圾橋」，便能看見繁星點點。我踩著增高的淑女車，艱難地爬坡，走到產業道路的盡頭，前方只有一片漆黑，沒有路燈，看不見眼前的路。我立刻決定折返，回到燈火通明的便利商店，去大吃街上買一杯草莓牛奶。

坦白說，我不覺得星空有什麼稀罕，讓我記掛的是那座橋，不是星星。兒時去父親的老家過年，日落後抬頭看，星星多到數不清。所謂山間生活、鄉村步調或大自然，絲毫勾不起我的興趣。

長年置身其中，當然對山林免疫，對貓頭鷹甚至雲豹，都沒有一點好奇。朋友揪去露營，我總是哈欠連連地說，可以參觀露營車就好嗎？日常生活即露營，難得出門遊樂，為什麼不讓自己舒適一些。我想盛裝打扮，優雅地去餐廳吃飯，飯後混時髦的酒吧。朋友笑我落伍，我也笑著嗆回去，等你買G Car再揪一遍。

多年後，伴侶開著二手小March（當然是會倒退熄火的手排車），載著我爬上垃圾橋。車燈照亮前方的路，我們全神貫注走過蜿蜒小路，無暇觀賞星空。走到盡頭突然有光，晚上八點，垃圾掩埋場正忙碌。

親眼看過垃圾橋後，我請伴侶迴轉，慢慢地開下山。不想後方的垃圾車，沒多久便追上我們，沿路閃大燈逼車。我們靠邊讓它通過，它以極高的速度飄移，很快便不見蹤影。它的身影讓我想起《頭文字D》，秋名山最速傳說拓海，是送豆腐鍛鍊出來的，為了趁早回家補眠，車技變得純熟。

回到市區，兇猛的垃圾車變得溫柔，在街道上走走停停。我突然想起許多公路電影，幾乎都指向悲慘結局，光明也不徹底。最讓我掛心的，莫過於滯留在半空中的塞爾瑪與路易絲，她們落地後會如何？但我不想談如果，乾脆讓時間倒退，退回無奈主婦生活，釋放殺意於無形。

對我來說，書寫曾是油門踩到底，永遠不回頭。但在移到駕駛座之後，我終於知道，比起踩到底，油門的收放更困難，便也開始練習走走停停。再次啟程，我想學拓海玩死亡膠布賽，把左手綁死在方向盤上。極限是轉半圈，杯架裡的水不能漏出，也不能有人死掉，因為生活總在路上。

【推薦跋】

傳紙條給妳

蔣亞妮

從欣純的第一本短篇小說集《如果電話亭》時，我便知曉她洞悉了對話的機關，她的小說總能輕易將對話的想像推向無法想像。在她的字裡我才發覺對話有時也是獨白、有時似留言、有時作書信，它們未必得在同一時空發聲，可以經由小說，在小說的異次元中，讓不同的聲音、不同的性別，各自泡發，張開成另一種對話。

到了《細語》，它更沒有要隱瞞你，輯一「情書」、輯二「細語」，像是細語裡頭還有細語，嘈嘈切切、窸窸窣窣，不只是小說，也是長長的書中信與信中書。確認了寄件人與收件人，寄出告白；下一輪，彼此換位，卻不是回信，那是同時寄出的另一封信，告白也在自白。

1

告白與自白，確實經常是同一件事，如同《細語》中的第一位寄件人郁欣，長長故事，寫成小說都得思考人稱該如何錯位的路口，當有人問起郁欣：「妳呢？妳的故事呢？」不只是問一個人的情史，更像是兩層問題，同時也問了小說家本人，妳呢？妳怎麼說故事呢？郁欣作為主角的思考，也像是小說家在某個路口，選擇直行：「倘若故事很單純，妳何苦變換敘事人稱？妳擠在時間的夾縫裡，亟欲創造，第三種時間樣態。沒有歷史，也沒有未來——妳拾起記憶的斷片，任由時間交匯，搭建此時此刻。」小說家總能附身在自己的角色中，只是每個角色的性格與認同度，影響了附身的同步率。

可在這一個角色中，當郁欣決定簡單地回答，就與小說家百分百同步，以高明的三度和音一起決定「簡單一點」，簡單其實就是對自己狠一點，這一回合，使用第一人稱，簡潔地，把故事說完：「我當過別人的小三。」輯一「情書」，是郁欣作為沒有隱情、沒有苦衷、百分百自願的「小三」，講述的故事。

一個中年大學教授、一個女學生，當他們同在一堂女性主義課程，誰是師、誰逃課，已不能由畢業學分來看。如同在庭庭的視角裡，即使對方「讀過一點女性主義，學會抽換語言，以『結婚』取代『嫁娶』，那又怎樣，語言不能指向真正的理解」，還是會感慨：「真懷念那個充滿柔情，女生就只是女生的年代。」那是一個什麼樣的年代？又是一個多不可考的從前？還是很遺憾，那是遠古以前、那是不久之前，那同時依然是現在。

距離許多法國女性主義學者發聲的年代，比如一九七一年，西蒙·波娃與另外三百四十二位女性作家與各界人士發表的「343蕩婦宣言」；比如一九七五年，西蘇的名篇〈美杜莎的笑聲〉（The Laugh of Medusa）至今，已有五十多年。換個角度，也可以說才不過五十多年，五十多年間，女性剛剛習得與獲得了開戶權、投票權、墮胎權、避孕方法，由身體而個體。進而我們終於能回頭好好凝視一番，過去漫長的歲月裡，男性作家與畫家們，如何描繪我們的身體？再怎麼凝視，再怎麼深入、撫摸、銘刻，他們終究沒有我們的身體。法國女性主義學者露路思·伊瑞葛來就曾經把女性身體的祕密說了出來：「女人的慾望，跟男人的慾望說著不同的語言，似乎也總被自古希臘以來主宰西方的邏輯淹沒了——女人到處都是性器官——能讓她愉悅（pleasure）的地理分布，比想像更多處，也更多元、更複雜、更微妙。」而她的名作《另一個女人的內視鏡》（*Speculum de l'autre femme*），出版於一九七四年，又回到了五十年這個奇妙數字。

因為不懂，所以要更努力，特別不懂的，特別用力。就像小說中，郁欣超出了一點所有權邊界時，「他」的表現是：「那天晚上，他特別用力地做妳，整個人面目猙獰了起來。妳是我的，我的，我的，我的！他搵牢妳的雙手雙腳，隨手捉起桌邊沾滿灰塵的抹布，狠狠塞進妳的嘴巴。你們激烈地爭吵，熱烈地做愛，然後和好。」對「他」來說，他誕生在這女性紛紛說話的五十年間，所有的想像，都只能被放進懷念。那些柔情萬種，詩性的傳統，或許就不會引起「他」想「做」女人的狠勁。而他到底是誰？小說中的「他」是一個人，其實也是一種人，答案也在對話裡：「人物和地點，很可能全是虛構。他可以是中文系教授，也可以是國小數學老師。隨便，怎樣都好，你儘管恣意填充這個故事。」

然而在他們談的這場女性主義課程開始之前，或許「他」的想像原先是一門古典詩經課程，場景如下：「妳突然想起，他曾在課堂上略提過詩經，他選的是那首〈野有死麕〉。野有死麕，白茅包之；有女懷春，吉士誘之……課堂上，他朝妳的方向眨了眨眼睛。他說這是一首純情的詩，詩經就是坦率得可愛。」感謝欣純的摘選，這其實是一首講述男性非禮女子的詩作，也非得是啟蒙匱乏時期的強男與弱女（甚至幼女）組合，才能成立的單向浪漫；負責純情的自然是什麼都不懂的女孩，而男性負責什麼呢？誘之、愛之、動手之。許多我們曾聽聞的師生戀、部屬與長官的戀愛，甚至是男性比女性年長許多的關係裡頭（從房思琪到近日《人選之人》的亞靜），撇除掉浪漫先行的部分，有沒有一種可能，如同《細語》中，引我聯想的可能——始終是權力關係的引誘。

二〇〇一年的經典電影《穿越時空愛上你》，早在休・傑克曼變身金鋼狼、金鋼狼再回歸羅根之前，裡頭就已有句台詞，足夠讓這部電影穿越時空多來去幾回。電影中，時空穿越者來到現代，陪著現代人女主角一起參加與上司的餐敘，席間他感覺到上司對女人的興趣與暗示，於是坐直身子這樣告訴眾人：「Some feel that to court a woman in one's employ is nothing more than a serpentine effort to transform a lady into a whore.」（有人認為追求女性部屬，是心存狡詐，想把一位淑女變成妓女。）當教授傳遞私信、當「他」為她打開百貨公司與新洋裝的大門、琴房的課後課……當啟蒙延伸到性，都有風險把「LOVE」變成其他組英文縮寫組合，像是「PUA」與「NTR」。

而《細語》的好，其實不在控訴或者報復，始終是自白。我選擇當小三、我選擇貼身觀看「他」的表演：「反正他是在演戲，演一齣大學教授不相信知識的戲，妳沒必要買帳。妳懶得被教育。妳不想讓討論延伸下去。妳裝乖討好，露出我不懂耶，這般徬徨的表情。」作為女性的「我」，第一人稱，如此簡單的線索，其實「我」一直才是重點、才是大女主。欣純敏感地寫著，將她看似直覺性，其實絕對是經驗值累積出的雷達開到最強，於是才能讓郁欣遇到打工老闆對她說出：「雖然員工都說妳很可愛，但我的標準很高。妳的話，我也完全不行啊。」只愣了兩秒，便自問：「不知道這是騷擾，還是玩笑？」

若你喜歡恐怖故事（不只是嚇人）、喜歡幽默（而非耍寶），那麼讀《細語》的過程，一定和我相同，越讀越想偷笑。隱藏的敘事，慢慢浮現，別忘了欣純最擅長的對話，絕不只是「我」與「他」的通信，或者不斷向他人轉述這段不倫關係。精明、成功，不著痕跡的反轉，是欣純小說真正的開關。既然男人不懂我們的身體，雖然女性的身體處處都可以引發高潮，但這座宮殿之中最大與最永動的性器官，永遠是腦。

那麼，這一切為何發生？為什麼美好女子，總會遇上渣男？是什麼讓寶珠蒙塵、梨壓海棠？這一切，果然大有誤會。

2

在解開誤會之前，在故事往下之前，除了有義務提醒以下有雷，也得先分享《細語》中作為重要資訊（？）的「二十一個為什麼小黃瓜比男人好的理由——」，如何貫穿敘事，產生了什麼在「二十一個理由」之外的邊際效益。

輯二「細語」，寄件人與收件人正式換位，同時與異地，「我」變成了「他」的妻子；在一個男子死後，他的妻與情婦開始各自表述。然而，這場死亡並未變成悼亡，不是其後、不是父後七日，當然更不用百日告別，對兩個「我」來說：「死亡是愛的贈禮。它也許會遲到，但永遠不會缺席。」

「情書」中，郁欣與「他」所建構出的妻子模樣，美如幻夢，喜歡非家常的菜式、會把花夾進書中。然而真實的妻子，卻與你細語：我不愛「他」、雖然想過要孩子，卻怎麼也喜歡不來「他」的身體……「他」走後，才終於能從「女主人」變成「主人」，才可以讓內心的兩個自己，不再分割。這場三人關係，不只婚姻是誤會，就連婚外戀也始自誤會；許多深夜，妻子坐上「他」的椅子、打開電腦，開始回信給許多女孩，有許多個「郁欣」出現在他們的婚姻之中。女人借住男人的身體，感受當「我」是一個「男性長輩」、「一個男教授」時，能對應享用的霸權。唯一的不同是，面對這些女孩，妻子都是真的由心底疼愛；而「他」只是冒牌貨、頂替者，兩個互相吸引對方的大腦中，其一的宿主，一個男性的殼。可以一圓妻子想買衣服、約會、租房子，給那些靈巧纖細年輕女子的執行者。這也說明了，為什麼當「他」意識到無力時，總會做得更用力。

死亡解放了女人，也解開了祕密、鬆開了櫃子；相比郁欣，「妻子」是她的名、也是她的封印，封印解開後，她坐上主人的位置。告別式不只是告別，也像是她的轉生儀式：「我脫下衣服，把它們丟進洗衣機，加入大量的芳香豆。打開熱水器，把全身上下都川燙過一遍，從陽台拿來全新的絲瓜布，仔細洗刷每一吋肌膚。所有前塵往事，都被我刷洗殆盡。然後他就死掉了。真正意義上的死掉了。」

在所有的黑魔法中，轉生必有代價，從來不是無中生有的創生，其實都是以此換彼的等價交換。這段婚姻，就是第一次交換，以約束換取短暫的自由，在夜裡的性別解放。為了維持婚姻契約的和平（和平一向不是公平），於是女性學會沉默，沉默了數千與數百年，這五十年間才逐漸找回自己的聲音，當然還需要漫長的練習。

欣純的小說總在尋回聲音，找到後，卻不是用來說髒話，小美人魚般，她用聲音歌唱、書寫，真正地開始創作。就像小說中，妻子總在沉默中保持微笑、冷笑，各種笑的嘲諷態。比如，婚後她在公婆家熱上一鍋麻油雞湯，「他」總拿這件說嘴，笑她加了鹽巴、煮壞了湯。「我始終沒有告訴他，在調味以前，那鍋湯早就壞了。只要適量，鹽的作用，是把料理變得鮮甜。麻油雞會苦和鹽一點關係都沒有。或許是婆婆在煸薑時不小心出了神，不知道神遊去哪裡。油溫太高、麻油變質，也就壞了一鍋湯。他吃的麻油雞都有加鹽。我沉默笑看他吃得一臉香。」還有許多可以說嘴，卻因為沒力氣、沒必要，選擇不回嘴的沉默，都被欣純一一立體化；保持沉默、沒說出口的時刻，也是重要的對話。

許多時候，《細語》中的兩個女性主角，都在道歉，對不起騙了妳、對不起成為第三者、對不起我不愛你、對不起女生真的比男生好……對不起其實是一個大學問，真心話前的起手式，越多的對不起，越反應出一部作品、一個人的誠實；前提是，對不起當然也得真心。我尤其喜歡她們的對不起，那些道歉，並沒有讓女性的地位下沉與滅頂，因為每一次，都是在向另一個女性、另一個自己認錯與擁抱，而不是出自社會與家庭的規訓、懲罰。

在小說的「後記」中，欣純也對她的書寫自白：「對我來說，書寫曾是油門踩到底，永遠不回頭。但在移到駕駛座之後，我終於知道，比起踩到底，油門的收放更困難，便也開始練習走走停停。再次啟程，我想學拓海玩死亡膠布賽，把左手綁死在方向盤上。極限是轉半圈，杯架裡的水不能漏出，也不能有人死掉，因為生活總在路上。」《如果電話亭》裡的殺意，被《細語》帶笑的沉默沖刷成了自然死亡，其實也像在回信給過往的自己：

對一個人的愛消失了，或許也很接近他死了，根本來就會跟著消失，硬要說只剩下不同意跟抱歉，不同意曾經的自己、抱歉沒有好好照顧自己。對話的企圖，也不再是想被聽見，而是細細私語，只需說給自己聽。有些文字話語，就像女生間才懂的傳紙條儀式，它們是女生的身體，從來都是女生的事、「我」們的故事。

（蔣亞妮，作家。曾獲台北文學獎、教育部文藝創作獎、文化部年度藝術新秀等獎項。著有散文《請登入遊戲》、《寫你》，以及《我跟你說你不要跟別人說》。）

新人間叢書（三九一）

細語

作者—蔡欣純
執行主編—羅珊珊
校對—羅珊珊　吳如惠　蔡欣純
封面設計—朱疋
行銷企劃—林昱豪
總編輯—胡金倫
董事長—趙政岷
出版者—時報文化出版企業股份有限公司
一〇八〇一九臺北市萬華區和平西路三段二四〇號
發行專線—（〇二）二三〇六—六八四二
讀者服務專線—〇八〇〇—二三一—七〇五・（〇二）二三〇四—七一〇三
讀者服務傳真—（〇二）二三〇四—六八五八
郵撥—一九三四四七二四時報文化出版公司
信箱—10899臺北華江橋郵局第九九信箱
時報悅讀網—http://www.readingtimes.com.tw
思潮線臉書—https://www.facebook.com/trendage/
法律顧問—理律法律事務所　陳長文律師、李念祖律師
印刷—家佑印刷有限公司
初版一刷—二〇二三年六月十六日
定價—新臺幣三八〇元

細語／蔡欣純作. -- 初版. --
臺北市：時報文化出版企業股份有限公司, 2023.06
288面；14.8x21公分. --（新人間叢書；391）

ISBN 978-626-353-895-5（平裝）

863.57　　112007715

ISBN 978-626-353-895-5
Printed in Taiwan